La beauté Louise

Du même auteur dans la même collection

Comme une bombe
Tombé des nues

Mars 2008

Rue de l'Ouvrage, 18
B-5000 Namur

Couverture : Guy Servais.
Première édition : Pocket Jeunesse, 2001.

D/2008/3712/32
ISBN 978-2-87423-017-2

Imprimé en Belgique

Patrick Delperdange

La beauté Louise

roman

Mijade
zone J

1

En ouvrant les yeux, j'ai cru que c'était le bruit de la pluie sur la vitre qui m'avait réveillé. Il faisait très sombre dans ma chambre, on était en pleine nuit. Il aurait fallu que je sorte mon bras de sous la couverture pour éclairer mon réveil, mais j'étais à moitié endormi et je n'ai pas eu le courage de bouger.

Je voyais la lumière de la rue à travers les rideaux. Le soir, avant de me coucher, je perdais des heures à essayer de les fermer correctement, ces satanés rideaux. Je ne tiens pas à ce qu'on observe ce qui se passe dans ma chambre quand j'y suis. N'allez pas croire qu'il s'y déroule des événements extraordinaires, mais ça me gêne que des gens puissent m'épier de l'extérieur. Ma mère a mal calculé la largeur des rideaux, le jour où elle a acheté le tissu. Il manque toujours quelques centimètres, soit sur le côté, soit au milieu, même si je les tends au maximum en tirant doucement.

La tête un peu dans le vague, j'allais me rendormir quand un nouveau bruit a attiré mon attention. Ça venait d'en bas, certainement du salon, et j'ai immédiatement compris que c'était ce qui m'avait réveillé deux minutes plus tôt, et pas la pluie. D'ailleurs, la pluie s'était presque arrêtée, d'après ce que je pouvais voir.

Je me suis dressé sur mon lit. J'ai tendu le bras vers le réveil. Dans l'obscurité, les chiffres 3 : 07 sont apparus en vert fluo. Et au même moment, quelque chose est tombé, un truc plutôt lourd vu le tapage, et j'ai entendu mon père pousser un grognement.

Je me suis levé. Le sol était froid sous mes pieds nus. Je me suis penché pour attraper la veste de pyjama que j'avais balancée à côté de mon lit comme d'habitude. À peu près chaque soir, ma mère insiste pour que j'enfile ce truc, mais je ne supporte pas de dormir avec. Ça me gratte et, avec les manches qui se tortillent pendant mon sommeil, j'ai l'impression d'avoir une camisole de force comme ils mettent aux dingues dangereux dans les films, alors je m'en débarrasse dès qu'elle a le dos tourné.

J'ai ouvert la porte de ma chambre. On voyait un peu de lumière dans l'escalier. Elle venait du salon. La porte de ma sœur était fermée. On n'entendait plus rien, ni dehors, ni au rez-de-chaussée.

Je me suis avancé pour jeter un coup d'œil par-dessus la rambarde.

– Tu crois vraiment que c'est une bonne idée ? a demandé la voix de ma mère.

J'ai aussitôt reculé, avant de comprendre que ce n'était pas à moi qu'elle s'adressait.

– Mais bien sûr, a dit la voix de mon père. Allez, aide-moi. Plus qu'un mètre ou deux et on n'en parle plus.

– Qu'est-ce qui t'a pris ? a encore demandé ma mère. Mais qu'est-ce qui t'a pris d'accepter ? Tu pourrais me le dire ?

– De toute manière, il est trop tard pour en discuter, a répondu mon père.

En me penchant au-dessus de la rampe, j'ai aperçu un bout du salon. Eux, je ne les voyais pas. Ils devaient se trouver près de la porte-fenêtre donnant sur le jardin. J'avais l'impression qu'elle était ouverte, cette porte. J'entendais une sorte de souffle, comme si le vent se glissait dans la pièce. Et puis aussi un gémissement, qui devait venir de ma mère.

– Voilà, on va la mettre dans le trou, a repris la voix de mon père. Un dernier effort.

Ils s'étaient éloignés. J'ai posé le pied sur la première marche, et je suis resté paralysé. J'avais oublié que cette marche-là craquait terriblement, si on ne posait pas le pied à un endroit bien précis, sur le côté droit. Dans le silence de l'escalier, ça venait de grincer comme les dents d'un vampire affamé.

J'ai battu en retraite. Sans trop de bruit, j'ai réussi à me glisser dans ma chambre, à refermer derrière moi et à plonger dans mon lit. J'ai tiré ma couette jusqu'au menton et j'ai fait semblant de dormir, en respirant un peu trop fort, les yeux pas complètement fermés.

Au bout d'une minute, ma porte s'est entrouverte. Ma mère a passé la tête et m'a regardé une bonne dizaine de secondes. J'ai soudain eu envie de me relever et de lui demander ce qu'ils étaient en train de manigancer, là en bas. Mais elle a disparu avant que je me sois décidé.

Je l'ai entendue qui descendait. La première marche a grincé. Ils ont échangé deux ou trois mots, à voix basse. Je n'ai pas saisi ce qu'ils se disaient. Mais j'ai cru entendre ma mère qui disait : « Ne t'inquiète pas. Ils dorment. »

J'ai attendu. Il n'y a plus eu d'autres bruits, à part la pluie qui tout à coup s'est remise à tomber plus fort. Les gouttes venaient frapper ma fenêtre. Il m'a fallu un bon moment pour me calmer. Je voulais rester éveillé, au cas où il se passerait encore quelque chose. Je ne comprenais pas pourquoi ils avaient emporté un truc dans le jardin, pour le flanquer au fond d'un trou.

Une chose était sûre : ils tenaient à ce que personne ne soit au courant, et surtout pas moi.

2

J'ai eu l'impression de fermer les yeux juste une seconde, mais quand je les ai rouverts, il faisait plus clair dans ma chambre. Sans allumer, j'ai pu distinguer les chiffres du réveil. Il était sept heures et quart. Je suis sorti de mon lit en vitesse et j'ai bien failli m'étaler sur le linoléum. Je me suis rendu compte que j'avais gardé la veste de pyjama pour dormir. Comme prévu, les manches s'étaient entortillées, la gauche s'était glissée sous mon bras droit et m'empêchait quasiment de bouger.

Je me suis libéré avant de me précipiter dans le couloir. Ma sœur ne devait pas encore être éveillée. Sa porte était toujours fermée. J'ai dévalé les marches jusqu'au rez-de-chaussée.

Dans la cuisine, ma mère préparait le petit-déjeuner, comme d'habitude.

– Ah, c'est toi, Antoine ? Bien dormi, mon chéri ?

J'ai répondu oui de la tête, avant de me détourner et de passer dans le salon. Par la porte-fenêtre, on apercevait le jardin. À première vue, rien n'avait changé. Mais c'était difficile à dire, parce que avec la pluie de ces derniers jours, et le vent et le mauvais temps, le jardin ressemblait plutôt à un terrain de boue couvert d'une couche de feuilles et d'herbes pourries, d'où sortaient des bouts de branches noires.

– Tu as éveillé Fanny ? m'a demandé ma mère, en déposant la cafetière sur la table de la salle à manger.

Je suis allé m'installer à ma place habituelle et j'ai balancé quatre morceaux de sucre au fond de mon bol, en attendant qu'elle me serve et en l'observant du coin de l'œil.

– Tu m'entends, Antoine ? a dit ma mère. Si tu m'entends, fais-moi un signe de la tête, je ne sais pas, moi, agite une paupière, je comprendrai.

Voilà le genre d'humour de ma mère. Elle

ne se force même pas. Ça sort tout seul.

– Papa, il est où ? j'ai demandé.

Elle a versé le café dans mon bol.

– Ouf, elle a fait. Un moment, j'ai bien cru qu'on avait kidnappé ton cerveau pendant la nuit.

Je me suis redressé.

– Papa, il dort encore ?

– Il est déjà parti, a expliqué ma mère. Il voulait passer à l'hôpital avant son travail, pour voir Papy.

Elle s'est assise à côté de moi, à la place de ma sœur, ce qui signifiait qu'elle allait dire un truc important.

– Tu sais, Antoine ? elle a ajouté.

– Quoi ?

J'espérais qu'elle allait me parler de leur trafic de trois heures du matin. M'apprendre ce qu'ils avaient transporté de si lourd, avant de s'en débarrasser dans un trou du jardin. Sûr et certain qu'elle n'en pouvait plus de garder ce truc pour elle, un secret terrible, un poids sur sa conscience. Elle était en train de craquer et elle allait tout me balancer.

Elle m'a souri. Mais pas un de ses sourires

normaux. Un de ceux qu'elle avait dû garder trop longtemps en réserve, parce qu'il avait l'air un peu moisi.

– Papy ne va pas très bien, elle a fini par déclarer.

– Oui, j'ai dit.

Mon grand-père était tombé, la semaine précédente. Il s'était cassé pas mal d'os, à peu près tous ceux qui lui restaient dans les jambes. On l'avait embarqué à l'hôpital et, depuis lors, il n'en était pas sorti. J'avais déjà été lui rendre visite quatre fois dans cet hôpital sinistre.

Maman continuait de me regarder dans les yeux. Son sourire s'était apparemment coincé sur ses lèvres.

– Quand il sortira de l'hôpital, elle a ajouté, il ne pourra plus retourner chez lui. Il est trop vieux pour se débrouiller tout seul.

– Où il va aller ? j'ai demandé.

– Je crois qu'il va habiter ici un petit moment, jusqu'à ce qu'on trouve une meilleure solution.

– Ici ? Chez nous ?

– Oui. Tu vois une objection ?

– Mais où il va dormir ?

On n'a pas de chambre de libre. Tu comptes le mettre dans le grenier ?

– Antoine ! a fait ma mère. Tu sais bien qu'il est impossible d'habiter là. Surtout à cette époque de l'année. C'est plein de courants d'air. Il fait plus froid dans le grenier que dans certains coins du pôle Nord. Tu ne voudrais tout de même pas que Papy soit transformé en glaçon manqué !

Elle a eu un petit rire. Dès qu'elle sort une blague, elle la trouve si poilante qu'elle ne peut pas s'empêcher de rigoler. Alors que, de mon côté, si je me risque à en balancer une, je suis obligé de lui expliquer pendant des heures avant qu'elle comprenne. Voilà le genre de truc qui peut vous flanquer en l'air une relation humaine. Surtout quand les deux humains en question sont ma mère et moi.

– Mais alors ? j'ai demandé. Il faudra bien le mettre quelque part. Le canapé du salon est trop petit, non ?

Je réfléchissais. Elle a hoché la tête. J'ai bu un peu de café avant de me rendre compte que j'avais oublié de mélanger le sucre. Le goût était si amer que j'ai fait une grimace.

– On en reparlera, a fini par déclarer ma mère. Mais on pourrait installer Papy dans ta chambre, et déménager ton lit dans celle de ta sœur. Il suffira de vous serrer un peu.

J'étais en train de boire une nouvelle gorgée, si bien que ma mère avait déjà disparu dans la cuisine quand j'ai recraché le café d'un seul coup dans mon bol.

3

Ma mère avait déclaré qu'on reparlerait de mon déménagement, mais en fait, la seule fois où on en a reparlé, c'est quand mon père est rentré de l'hôpital en compagnie de Papy Robert, le soir même, et qu'elle a dit :

– Bon, dépêchons-nous de déménager tes affaires dans la chambre de ta sœur. Papa a acheté un lit pliant qu'on va mettre à la place du tien.

J'ai dû avoir l'air un peu étonné, genre mâchoire qui vous tombe sur la poitrine et yeux en boules de loto, parce qu'elle ajouté :

– Ne fais pas cette tête-là, Antoine. Je t'assure que ce n'est que pour quelques jours. Tu ne vas pas en mourir.

Je n'ai pas trouvé de réplique tuante à opposer à ça.

Je me suis vite rendu compte qu'on ne pouvait pas déménager la totalité de mes trucs dans la chambre de ma sœur, parce que la pièce mesure cinquante centimètres sur un mètre, compté large. Ce qui fait qu'avec le lit de Fanny poussé contre le mur et le mien glissé dans l'espace disponible, entre l'armoire et le petit bureau où ma sœur installe la cage avec ses deux hamsters, il restait un trou pour plonger les jambes, en prenant bien garde à ne pas s'arracher un orteil au passage.

– On se croirait dans une cellule de prison, j'ai dit. Il manque plus que des barreaux à la fenêtre.

– On les installera demain, a dit ma mère. Et je vous apporterai vos repas dans des assiettes en fer, d'accord ?

Et, comme d'habitude, elle a éclaté de rire.

Quand je parlais de prison, je n'étais pas loin du compte. Au moins, en prison, ils ont le droit de regarder la télé. Chez nous, ce soir-là, mon père a déclaré qu'il valait mieux ne pas faire de bruit pour ne pas déranger Papy Robert, qui était monté se coucher dans ma chambre.

Il faut avouer qu'il n'avait pas l'air en grande forme, le pauvre Papy. Sa jambe était toujours plâtrée, et il marchait avec deux béquilles. Enfin, quand je dis « marcher », j'exagère. Mon père devait le soutenir, et Papy semblait avoir mal dès qu'il posait le pied sur le sol. Je ne vous raconte pas les péripéties pour grimper au premier étage.

Après ça, donc, on a mangé devant la télé éteinte.

J'en ai profité pour réfléchir à ce qui s'était passé la nuit précédente. Je n'avais pas encore eu le temps d'aller jeter un coup d'œil au jardin, pour découvrir ce que mes parents y avaient enterré. J'avais passé la journée à l'école et, à la maison, ma mère ne m'avait pas lâché une seconde. Mais je savais que le mardi, c'est-à-dire pas plus tard que le lendemain, elle sortait plus tard de son boulot, et passait ensuite au supermarché pour les courses, avant de rentrer chez nous. Ça me laisserait du temps pour commencer les fouilles.

– Vous avez terminé ? a demandé ma mère. Vous voulez un dessert ? Il y a des crottes de nez à la chantilly.

– Des crottes de nez ? s'est écriée Fanny, qui n'a pas encore saisi l'humour de ma mère. Quelle horreur !

– T'inquiète, j'ai dit. Avec la chantilly, c'est délicieux.

– Vous êtes dégueulasses, a encore dit ma sœur.

– Arrêtez de hurler ! a ordonné mon père qui, lui, possède un sens de l'exagération assez développé. Votre grand-père se repose, et il n'a pas envie de subir vos criailleries.

– Je vous sers une glace, a repris ma mère. Et après, vous montez dans votre cellule, d'accord ? Il est déjà tard.

Fanny a un peu grogné, comme toujours au moment d'aller se coucher, mais je crois bien qu'elle s'est endormie à l'instant même où elle a posé la tête sur son oreiller. Moi, il m'a fallu un bon moment pour m'habituer. Les murs n'étaient pas placés de la même façon que dans ma chambre. Avec ce qui se trouvait rassemblé là, j'avais l'impression de dormir dans un placard. La fente entre les rideaux laissait passer un peu de lumière de la rue. Ma mère avait mal calculé pour cette fenêtre-ci également.

Je ne savais pas ce que j'allais pouvoir faire de ma veste de pyjama. J'ai fini par passer la main sous mon lit pour la balancer en dessous, et je me suis à moitié arraché la peau du poignet contre le montant en me redressant.

De temps en temps, les hamsters se déchaînaient en pédalant comme des malades dans leur tourniquet. On les entendait discuter dans leur langue. Il y avait aussi un bruit étrange, une espèce de hoquet. J'ai essayé de comprendre d'où ça venait. Impossible que ce soit les bestioles en cage qui fassent un bruit pareil. Et puis j'ai deviné que ça provenait de ma chambre. Il y avait quelqu'un en train de pleurer, je crois bien.

4

Le lendemain, je suis rentré sans traîner de l'école. Avec le temps qu'il faisait, on n'avait pas vraiment envie de se balader dans les rues. Il tombait une pluie très froide et le vent soufflait fort. Il était environ quatre heures quand j'ai ouvert la porte de la maison. J'ai oublié de préciser que le mardi, ma sœur Fanny suit son cours de danse. J'avais donc la maison à moi seul pour au moins une heure et demie. Largement le temps de découvrir ce qui se cachait au fond du trou où mes parents avaient jeté ce truc.

Je m'étais creusé la tête pour essayer de deviner de quoi il pouvait bien s'agir. Qu'est-ce qu'ils avaient pu balancer là d'aussi lourd ? Quelque chose de compromettant, sûr et certain.

J'ai jeté mon sac dans un coin et je me suis précipité dans le jardin. J'avais ouvert la porte-fenêtre du salon et j'allais sortir, quand j'ai entendu un petit ronflement.

Papy Robert était installé sur le canapé, devant la télé allumée. Le son coupé, il dormait, la bouche entrouverte. Sa jambe plâtrée était allongée sur le canapé et ses béquilles posées contre l'accoudoir.

Le vent qui s'engouffrait dans le salon par la porte-fenêtre lui a sans doute donné froid, parce qu'il s'est mis à tousser et qu'il a ouvert les yeux. Il m'a regardé d'un drôle d'air.

– C'est Antoine, j'ai dit. Comment ça va ?

Au lieu de répondre, il a toussé une fois de plus. J'ai refermé la porte. Mieux valait remettre les recherches à plus tard.

– T'es descendu tout seul ? ai-je encore demandé.

– Antoine, il a fait d'une voix grave.

– Ton petit-fils, j'ai précisé. Tu te souviens ? Antoine et Fanny. Tu es notre grand-père.

Je parlais lentement. J'avais peur qu'il ne comprenne plus rien. Peut-être que son cerveau s'était ramolli. J'avais lu que les cellules du crâne commencent à pourrir à partir de vingt-cinq ans, alors, à l'âge qu'il avait, elles devaient être dans un bel état...

Il m'a regardé un instant, avant de hausser les épaules.

– Mais oui, je me souviens, il a lancé d'un air fâché. Qu'est-ce que tu t'imagines ? Que je perds la boule ?

Il a essayé d'attraper ses béquilles, mais faut croire qu'il n'était pas bien réveillé, parce que tout ce qu'il a réussi à faire, c'est les envoyer valser sur la moquette.

– Merde ! il a juré. Sales machins.

Il a voulu se pencher pour les ramasser, mais avec sa jambe plâtrée, c'était difficile. Disons même impossible. Il s'est redressé et a tourné les yeux vers moi. Ses sourcils blancs étaient si épais qu'ils lui tombaient dans les yeux, mais ça n'empêchait pas son regard de briller, au contraire.

– Aide-moi donc, espèce d'idiot ! il a encore crié. Tu vois bien que je n'y arrive pas !

J'étais en train de lui cuisiner une réplique mortelle, mais avant que j'aie pu lui balancer ça, on a sonné à la porte. J'ai fait une grimace et je me suis précipité pour aller ouvrir.

Je me suis retrouvé face à un agent de police, avec casquette, flingue et le reste du matériel. Derrière lui, sur le trottoir, il y en avait un autre. Et dans leur voiture garée dans la rue, j'en ai aperçu un troisième, qui surveillait les deux premiers.

– Est-ce que tes parents sont à la maison, mon garçon ? m'a demandé le flic qui avait sonné.

– Non. Ou plutôt oui.

Le flic m'a regardé d'un drôle d'air, sourcils froncés. J'ai bien cru qu'il allait me traiter d'idiot, lui aussi.

– Explique-toi clairement, il a ajouté. Tes parents sont-ils là, oui ou non ?

– Mon père et ma mère, non, ils sont pas encore rentrés. Par contre, il y a mon grand-père. Il est un peu abîmé, mais peut-être qu'il peut vous convenir. Ça dépend de ce que vous voulez.

L'agent de police m'a regardé en soupirant.

– J'aimerais poser quelques questions à un adulte, il a déclaré.

– Quelles questions ? j'ai demandé.

Il a pris une tête fatiguée.

– À un adulte, il a répété lentement, comme s'il s'adressait à un demeuré.

– Entrez, j'ai dit. Il est au salon, mon grand-père. Vous le reconnaîtrez facilement. Il est vieux et il essaye de ramasser ses béquilles depuis un quart d'heure.

Je suis allé dans la cuisine me servir un verre de jus de raisin, comme si toute cette affaire ne m'intéressait plus. Mais je n'ai pas pu résister longtemps. Peut-être une minute, comptée lentement.

En entrant dans le salon, j'ai entendu mon grand-père qui disait :

– Je ne suis ici que depuis hier soir... Je sors de l'hôpital et...

Il s'est arrêté de parler, et ils se sont tous les deux tournés vers moi.

– Si je peux vous aider, j'ai dit. Moi je suis là depuis onze ans et demi.

– Ce ne sera pas nécessaire, a déclaré le flic.

Puis, en s'adressant de nouveau à Papy Robert, il a ajouté :

– Demandez à votre fils d'appeler le commissariat quand il rentrera, vous voulez bien, monsieur ?

– Je n'y manquerai pas, a dit mon grand-père.

Il a tendu le bras pour attraper ses béquilles. Mais il n'y est pas plus arrivé que la première fois. Le flic l'a observé un petit moment avant de se décider à s'approcher.

– Je vais vous aider, a-t-il déclaré.

– Merci à vous, a dit Papy Robert en se soulevant du canapé. Si je devais compter sur mon petit-fils, je serais encore à me tordre le bras pour ramasser ces fichus engins.

Le flic m'a fusillé du regard. J'ai souri de façon détachée, pour faire croire que c'était un genre de blague de la part de mon grand-père, mais je crois bien que ma tactique n'a pas réussi, à voir la tête de l'agent. Papy avait réussi à retrouver un équilibre, appuyé sur ses béquilles.

– Vous pourriez peut-être m'en dire plus, il a ajouté. Mon fils n'a pas à s'inquiéter, j'espère ?

– Non, non, a répondu le flic. Il y a eu un

cambriolage dans la maison voisine. On pense que ça a dû se passer dans la nuit de dimanche à lundi, et on cherche à recueillir des témoignages, vous comprenez.

– Un cambriolage ? a répété mon grand-père. Qu'a-t-on volé, si ce n'est pas indiscret ?

Le flic a hésité.

– Un coffre-fort, a-t-il fini par déclarer. Les voleurs n'ont pas réussi à l'ouvrir sur place, alors, ils ont préféré l'arracher du mur et l'emporter.

– Quelle époque ! a soupiré mon grand-père.

– Ça pèse lourd, un coffre-fort ?

L'agent s'est tourné vers moi.

– Pourquoi ?

J'ai pris un air blasé. Il faut soulever les sourcils et prendre une expression un peu ennuyée. Je me suis exercé des heures devant le miroir de la salle de bains.

– Oh, j'ai dit. Pour rien. Je m'intéresse à beaucoup de choses.

– C'est de ton âge, a dit le flic. Pour ce coffre-fort, je dirais plusieurs dizaines de kilos. Selon l'épaisseur, ça doit peser dans les trente ou quarante kilos. Deux personnes pourraient le porter sans trop de problèmes. Le tout, c'est de savoir où le ranger.

Concernant l'endroit, j'avais déjà ma petite idée.

5

Je me suis précipité au jardin dès que l'agent de police est sorti de chez nous. Il ne devait pas être trop difficile de repérer un trou rebouché dans la nuit de dimanche, même avec la pluie qu'il était tombé. Il ne m'a d'ailleurs fallu qu'une minute pour le trouver. Mon père avait essayé de camoufler le travail en jetant des feuilles et des herbes sur la terre, mais on voyait bien l'endroit où il avait creusé.

– Qu'est-ce que tu fabriques ? m'a demandé mon grand-père, appuyé sur ses béquilles, contre la porte-fenêtre. Tu vas attraper froid et moi aussi.

– Je sais où il est, j'ai dit.

– Qu'est-ce que tu racontes ?

– Je sais où il est, le coffre des voisins.

Mon grand-père a haussé les épaules. Puis il a refermé la porte-fenêtre et je l'ai vu qui allait se rasseoir sur le canapé. On verrait bien la tête qu'il ferait quand j'aurais déterré ce machin.

Il me fallait un outil, genre pelle ou râteau, pour creuser la terre. Je n'allais tout de même pas gratter avec mes ongles. Déjà, j'avais les mains pleines de boue et de feuilles pourries. Je me suis précipité à la cave, j'ai déniché un outil, et je suis ressorti à toute vitesse.

– Ferme cette porte ! a crié mon grand-père. Je ne tiens pas à avoir la crève, en plus de cette jambe cassée.

Je n'ai pas pris le temps de revenir sur mes pas pour fermer la porte-fenêtre. Il ne fallait pas traîner, sinon mes parents risquaient de rentrer et de me tomber dessus en pleine fouille. J'ai commencé à creuser. Au bout d'une minute ou deux, j'ai senti ma pelle cogner un truc dur. Mon père n'avait pas creusé très profond.

– Tout ça sera répété à tes parents, a déclaré mon grand-père qui s'était relevé je ne sais comment. Au lieu de m'aider, tu me causes plus d'ennuis que je n'en ai déjà.

Il se tenait sur le seuil, l'air plutôt en colère.

– Viens voir si je mens, j'ai lancé. Il est là, le coffre.

J'ai écarté les restes de terre mouillée et de feuilles et je crois bien que, même d'où il était, il a réussi à apercevoir ce que je dégageais, parce qu'il a froncé les sourcils.

– Je les ai entendus cacher un truc dimanche, j'ai ajouté. Viens voir. J'ai trouvé.

Il n'a pas résisté à l'envie de s'approcher. Je l'ai aidé pour les derniers mètres, en le tenant pour ne pas qu'il s'affale dans la boue. On s'est arrêtés au bord du trou.

On voyait un objet sombre, avec des bandes qui avaient l'air en fer. La pluie qui tombait cognait là-dessus avec des petits plocs.

– Alors ? Tu me crois, maintenant ?

– Il ne s'agit sûrement pas d'un coffre-fort, a déclaré mon grand-père. Il est en bois, ton machin.

– En bois ?

Je me suis penché.

– Le coffre-fort qu'on a volé était en acier, a repris mon grand-père. Tu as entendu l'agent ?

– Oui, j'ai dit, tu as raison. Mais alors...

J'ai repris la pelle et j'ai donné un coup dessus. Ça a produit un bruit creux, comme sur une grosse caisse. J'ai relevé les yeux. À côté de moi, Papy Robert semblait plongé dans ses pensées. Il regardait le truc, les sourcils froncés.

– Dégage un peu plus sur les côtés, il m'a dit. Qu'on se rende compte des dimensions.

J'ai enlevé la terre, petit à petit. J'avais de la pluie dans les yeux, et les cheveux, une vraie douche. On a vu une caisse au fond de ce trou, mais il fallait admettre que ça ne ressemblait pas à un coffre-fort, ou bien alors il avait été construit au Moyen Âge. Ce vieux truc en bois avait l'air à moitié bouffé par les vers. On distinguait aussi des bandes métalliques sacrément rouillées. Ça faisait un mètre de long à peu près, sur moitié de large.

– Qu'est-ce que c'est, ce machin ? j'ai encore demandé. T'as une idée, Papy ?

Il n'a pas répondu, si bien que j'ai cru qu'il ne m'avait pas entendu. Puis il a fini par tourner la tête vers moi.

– Une malle de marin, il a dit d'un ton sinistre.

– Ah bon, j'ai fait. Une malle de marin... Comment tu peux en être sûr ?

– Parce qu'elle est à moi, il a ajouté.

6

Je n'ai tout d'abord pas voulu le croire, alors il m'a demandé de me pencher pour lire ce qui était écrit sur un des côtés de cette malle.

Les lettres étaient creusées dans le bois. Elles étaient à moitié effacées, mais j'ai réussi à lire. « Appartient à Rob. COMPAGNON », et en dessous, en si petit que j'ai dû coller mes yeux dessus, il était écrit : « Embarqué pour la 1re fois sur le MAGELLAN - 12-IV-36 ».

Rob. Compagnon, pas de doute là-dessus, c'était lui, vu qu'il s'appelle Robert et que notre nom de famille, c'est Compagnon.

Je me suis relevé. J'avais de la boue un peu partout, spécialement sur mon pantalon.

– Le Magellan ? j'ai demandé. Un bateau ?

– Un trois-mâts, a dit mon grand-père en souriant.

Je me suis rendu compte que c'était la première fois depuis longtemps que je le voyais sourire.

– Un des derniers qu'ils ont construits, il a ajouté. J'ai passé quatre mois dessus, on a fait le voyage jusqu'en Guyane, en passant par les Açores.

– Tu étais marin, toi ?

Il n'a pas répondu. On aurait cru qu'il s'était mis à rêver. Il avait fermé les yeux. La pluie lui tombait dessus mais il n'avait pas l'air de s'en apercevoir. Moi, mes vêtements me collaient à la peau. J'avais froid. Je me suis mis à trembler.

– Tu crois que tu réussirais à l'ouvrir ? il a fini par me demander.

– Je suis déjà dégueulasse, j'ai dit. Un peu plus ou un peu moins…

Je me suis remis à genoux dans la boue. Le bras tendu, j'ai essayé de soulever le couvercle de la malle, mais rien n'a bougé.

– Prends ta pelle. En la glissant dans la fente, tu dois pouvoir y arriver.

Ça n'a pas été facile. J'ai appuyé sur le manche de la pelle et le couvercle a fini par céder. Dans la malle, c'était plein de livres et de cartons pliés. On voyait un journal jaune et déchiré. J'ai tourné la tête vers Papy Robert.

– Il n'y a que des vieux papiers, j'ai dit.

Je m'attendais à un trésor, des pièces d'or, des cartes mystérieuses.

– Il doit y avoir autre chose, a dit mon grand-père.

– Quoi ? j'ai demandé. Tu te souviens d'avoir mis un truc là-dedans ?

Avant qu'il ait pu répondre, on a entendu du bruit dans la maison. La voix de mon père a demandé :

– Papa, Antoine, vous êtes là ?

Mon grand-père a pris ses béquilles et s'est avancé vers la terrasse, à une allure plus rapide que ce que je l'avais vu faire jusqu'ici.

– Je m'occupe de lui, a fait Papy sans se retourner. Toi, cherche un coffret noir. Un genre d'étui. Et quand tu l'auras trouvé, referme tout ça en vitesse. »

Il a disparu dans la maison. Sa jambe cassée n'avait plus l'air de le faire souffrir. Je me suis à nouveau penché sur la malle ouverte. En écartant une pile de journaux, j'ai aperçu le coffret dont il venait de parler. Ça ressemblait à une boîte toute plate, recouverte d'un tissu noir pas mal abîmé. Sans hésiter, je l'ai pris, j'ai donné un coup sur le couvercle de la malle et j'ai balancé la boue pour cacher le tout, avec mes pieds, avec mes mains, sans plus faire gaffe à ne pas me salir.

Après ça, je suis rentré dans la maison. Mon père descendait du premier. Papy lui avait certainement demandé de l'aider à monter jusqu'à ma chambre. Comme ça, mon père n'était pas venu voir ce que je fabriquais au jardin. Je commençais à me dire que ce vieux Papy n'était pas si bête que je l'avais cru. J'ai voulu me précipiter aux toilettes, mais dans l'état où j'étais, mon père ne pouvait pas me rater.

– Antoine ! il s'est écrié. Mais qu'est-ce qui t'est arrivé ? Tu es couvert de boue de la tête aux pieds.

– Je suis tombé, j'ai dit avec une petite grimace.

Il m'a regardé sans rien ajouter.

– Ça arrive à tout le monde, j'ai déclaré. C'est un regrettable accident.

– Il est étrange que ce genre d'accident n'arrive jamais qu'à toi.

Ce n'était pas le moment d'entamer une discussion sur les regrettables accidents.

– Je vais aller me changer, j'ai ajouté. T'inquiète pas.

– Dis donc, Antoine ? il m'a demandé.

Malgré mon état, il m'a pris par le bras, comme d'habitude quand c'est du sérieux.

– Oui, quoi ? j'ai dit.

J'ai éternué pour lui faire saisir qu'il avait intérêt à ne pas traîner, parce que je risquais la pneumonie.

– Vous étiez dehors, avec Papy ? il m'a demandé. Il était trempé lui aussi. Dans son état, ce n'est pas vraiment indiqué.

– Il voulait prendre l'air, j'ai dit.

– Ce n'est pas plutôt une idée à toi ?

– Il y a un flic qui est passé, j'ai dit sans répondre à sa question.

– La police ? il a demandé, soudain inquiet.

– Oui, tu ferais bien d'appeler le commissariat. Ils voulaient te parler d'un truc. Ça avait l'air sérieux.

Il m'a encore observé un petit moment. Il réfléchissait. Puis il a hoché la tête et il est allé téléphoner. J'ai enfin pu monter dans la salle de bains, sans qu'il ait vu l'étui noir que je cachais sous mon pull.

7

Je m'essuyais les cheveux quand ma mère est entrée dans la salle de bains. Elle avait son air méfiant des mauvais jours. Il vaut mieux jouer prudent dans ces cas-là. Elle a attaqué sans perdre une seconde.

– Tu peux m'expliquer ce que tu as fabriqué, Antoine ? Tu t'es roulé dans une flaque, ce n'est pas possible autrement.

Elle s'est penchée et, du bout des doigts, elle a soulevé mon pull plein de boue. Je l'avais jeté par terre, avec le reste de mes vêtements. Même mon slip et mes chaussettes étaient dégueulasses. La terre s'était glissée partout.

– Je ne me suis pas roulé dans une flaque, j'ai dit. Je suis tombé, c'est tout. Faudrait être marteau pour faire ça exprès.

– Tu as pris une douche ?

– Non, pourquoi ?

Ma mère est une fanatique des douches. Elle en prendrait des dizaines par jour, si on ne la retenait pas. Elle m'a regardé en essayant de déterminer le degré de saleté que j'avais atteint.

– Si tu es tombé dans la boue, tu ne dois plus être très propre, n'est-ce pas ?

– Oh, ça va, j'ai dit. Je me suis lavé les mains. Pour le reste, c'est mes fringues qui ont tout pris.

– Dans ce cas, je vais les laver, a dit ma mère.

L'étui noir était caché sous mon pantalon roulé en boule. J'ai pris le tout avant qu'elle ne s'en empare.

– Antoine ! elle s'est écriée. Tu ne comptes tout de même pas remettre ces vêtements dans l'état où ils sont !

– Mais non. Je vais les balancer dans la machine à laver, c'est tout.

– C'est bien la première fois que je te vois faire une chose pareille, a dit ma mère.

– Sans doute que je vieillis, j'ai lancé.

Je suis sorti de la salle de bains, après avoir enroulé une serviette propre autour de ma taille. J'ai senti le regard de ma mère, mais elle n'a pas fait de commentaires. Ma sœur Fanny se tenait dans le couloir. Elle avait évidemment écouté la conversation.

– Papy Robert voudrait te parler, elle a déclaré. Il vient d'appeler. Il est dans ta chambre.

– Je dois y aller, de toute manière. Il me faut des trucs propres.

– Il a l'air pas content, a ajouté Fanny. Vous vous êtes disputés ?

Je n'ai pas répondu. Je suis entré dans ma chambre. Papy était assis au bord de son lit pliant. Il a levé la tête.

– Je prends des vêtements propres, j'ai expliqué en montrant mon armoire.

– Vas-y, fais comme chez toi, il a dit.

Je tenais toujours le paquet de vêtements, avec l'étui caché au milieu. Fanny est apparue dans l'entrebâillement de la porte.

– Tu vas bien, Papy ? elle a demandé, mais on sentait qu'elle tenait juste à voir ce qui se passait.

– Oui, oui, a répondu mon grand-père.

Fanny est restée dans l'entrée à observer. Papy l'a regardée un moment, pendant que j'enfilais un slip, un pantalon et un sweat-shirt propres. Je me suis débarrassé de la serviette.

– Tu n'as rien à faire ? a dit Papy Robert. Je voudrais bien parler à Antoine. Ça ne te dérange pas de nous laisser seuls ?

– Oh, ça va, j'ai compris, a lancé Fanny, vexée.

Elle est partie en claquant la porte.

– Alors ? m'a aussitôt demandé Papy. Tu as trouvé le coffret ?

Sans répondre, j'ai sorti l'étui du tas de vêtements sales. Il était un petit peu taché, mais rien de grave.

– Nom d'une pipe ! a fait mon grand-père. Je croyais bien que je ne le reverrais plus jamais. Donne-le-moi, Antoine, s'il te plaît. Donne-le vite !

Il avait l'air très excité. Il a pris l'étui que je lui tendais et il l'a tenu dans les mains.

– C'est quoi ? j'ai demandé.

Il m'a regardé. Ses yeux brillaient derrière ses sourcils blancs.

– Tu as quel âge, Antoine ?
– Bientôt douze ans.
Mon grand-père a hoché la tête lentement.
– Voilà bien plus de douze ans que je n'ai pas revu ce coffret, il a expliqué. Je dirais même que ça fait vingt ans que je croyais l'avoir perdu. Je l'ai cherché pendant longtemps, et puis...
Il a haussé les épaules.
– Je me suis fait une raison.
Il a repris :
– Et voilà que je retrouve ma malle et tout ce qu'elle contenait. Astrid m'avait juré qu'elle ne savait pas ce qu'elle était devenue.
Il a secoué la tête.
– Je me doutais pourtant bien que c'était elle qui l'avait fait disparaître.
Il parlait de ma grand-mère Astrid. Elle était morte depuis des années. J'étais encore petit à l'époque.
– Tu l'ouvres ? j'ai proposé en montrant l'étui qu'il avait pas lâché.
Il me rendait fou avec ses explications.
– Je vais l'ouvrir. Mais avant ça, tu dois me promettre le secret.
– Quel secret ?

– Tu dois me promettre de n'en parler à personne. D'accord ?

– Je te promets, j'ai dit très vite.

J'étais prêt à promettre n'importe quoi pour qu'il l'ouvre, son machin, prêt à promettre les trucs les plus difficiles, manger du chou-fleur, porter ma veste de pyjama, ou ne plus fermer la porte des toilettes à coups de pied.

– C'est grâce à toi que j'ai réussi à mettre la main dessus, il a encore déclaré. Alors, je te dois bien ça.

Il a encore hoché la tête en m'observant, puis il a soulevé l'étui. Il a posé deux doigts sur le côté et il a tiré une tige que je n'avais pas remarquée jusque-là. Dans la salle de bains, j'avais essayé de l'ouvrir, mais je dois avouer que je n'y étais pas arrivé. Plutôt réussi, dans le genre mécanisme secret.

Papy a continué de tirer lentement sur la tige. Elle est sortie de trois ou quatre centimètres. Il y a eu un déclic et, au moment où le couvercle allait s'ouvrir, on a frappé à la porte de ma chambre. J'ai sursauté comme si un fantôme venait de me taper sur l'épaule.

8

Maman est apparue sur le seuil. Derrière elle, j'ai aperçu Fanny qui m'a fait une grimace. Elle était toujours fâchée que Papy lui ait demandé de nous laisser seuls.

– Tout va comme vous voulez, Papy ? a demandé ma mère. Jean-Pierre m'a dit que vous étiez sorti sous la pluie.

Jean-Pierre, c'est mon père.

– Ne t'inquiète pas, a dit Papy. Je voulais simplement prendre l'air, après toutes ces journées enfermé à hôpital. Et puis il faut que je fasse un peu d'exercice, sinon je vais rouiller.

– Je comprends, a dit ma mère en souriant. Antoine ne vous dérange pas ?

– Non, non, non.

Je ne sais pas comment, mais il avait réussi

à cacher l'étui qu'il tenait dans les mains au moment où ma mère avait poussé la porte.

– Tu n'as pas de devoirs ? m'a demandé ma mère.

– Si, j'ai dit. Je les ferai tout à l'heure.

– On mange dans une demi-heure, elle a insisté. Ça te laisse un peu de temps pour t'en occuper.

– Je parle avec Papy ! j'ai fait. Ce n'est pas possible d'avoir un peu de tranquillité, dans cette maison ?

– Ton grand-père sera encore là demain, a dit ma mère. Et les jours suivants. Mais ton père voudrait te dire un mot.

J'ai soupiré.

– Qu'est-ce qu'il y a encore ?

Elle a pincé les lèvres, signe qu'elle n'en dirait pas plus.

– Vas-y, Antoine, m'a dit Papy Robert. On en reparlera plus tard.

Je l'ai regardé en essayant de lui faire comprendre que je tenais absolument à savoir ce qu'il cachait dans son fichu coffret. Il a hoché la tête, comme s'il avait entendu ce que je disais dans ma tête.

– Bon, j'arrive, j'ai dit.

Papa était au salon, occupé à lire son journal à la lueur du lampadaire. La pluie se jetait sur les vitres de la porte-fenêtre. Le soir tombait. Le jardin était déjà sombre.

– Assieds-toi, m'a dit mon père en indiquant la place à côté de lui sur le canapé.

Puis il a fait signe à Fanny de suivre Maman dans la cuisine, si bien que ma sœur a de nouveau haussé les épaules d'un air vexé.

– Je m'en fous, elle a dit. Je ne vous raconterai plus jamais rien.

Papa a attendu qu'elle ait quitté le salon. Puis il m'a regardé. Il s'est frotté le nez.

– Je sais pourquoi tu étais couvert de boue quand je suis rentré, il a fini par déclarer.

– Ah bon ?

– Oui. Et c'est ma faute.

– Quoi ?

Là, je dois avouer qu'il m'avait soufflé.On croit connaître ses parents et puis on découvre soudain qu'il y a encore des surprises possibles.

– Oui, j'aurais dû t'en parler, Antoine. Mais je n'arrive pas encore à me faire à l'idée que tu n'es plus un enfant.

– Me parler de quoi ? j'ai demandé.

– De ton grand-père.

– Oh, ça, c'est rien. Il peut garder ma chambre autant qu'il veut. Je suis déjà presque habitué à la cellule de Fanny.

Il s'est de nouveau frotté le nez.

– Il ne s'agit pas de ça, a repris mon père.

– Explique.

– Tu te souviens de Bonne-Maman Astrid ?

– Un peu.

– La malle que tu as trouvée au jardin, c'est elle qui me l'a donnée.

– Elle appartient à Papy, j'ai déclaré.

Il a froncé les sourcils.

– Il te l'a dit ?

J'ai senti qu'il valait mieux ne pas tout balancer.

– Non. Mais j'ai vu son nom écrit sur le côté.

– Ah oui, a fait mon père. Exact.

– « Rob. Compagnon », j'ai ajouté, comme si je lisais l'inscription, « embarqué sur le je-sais-pas-quoi ».

– Le Magellan.

– Un trois-mâts.

J'ai essayé de m'arrêter mais c'était trop tard.

– Comment le sais-tu ? a demandé mon père.

– J'imagine. À cette époque-là, il ne devait pas y avoir beaucoup de moteurs sur les bateaux, non ?

Mon père a hoché la tête. Il avait la même expression que Papy Robert. Je me suis demandé si moi aussi j'aurai cette tête-là, quand je serai vraiment vieux.

– Cette malle, a repris mon père, même si tu as trouvé le nom de Papy dessus, c'est Bonne-Maman Astrid qui me l'a donnée, il y a des années de ça, avant ta naissance.

Il s'est tu, pour réfléchir. La lumière du lampadaire lui faisait des ombres bizarres sur le visage.

– Et alors ? j'ai demandé.

– Elle savait que si Papy gardait cette malle, cela allait lui faire du mal, tu comprends ?

– Non. Je comprends rien. Qu'est-ce qu'il y avait de si terrible là dedans?

– Je ne me suis pas permis de fouiller cette malle pour voir ce qu'elle contenait, a dit mon père. Sans doute des souvenirs.

– Qui pouvaient lui faire du mal ?

– Exactement. Et elle m'a donné cette malle pour que Papy ne retombe plus jamais dessus.

– Elle aurait pu la jeter, je sais pas, moi, la balancer aux poubelles. Lui foutre le feu.

– Elle n'aimait pas jeter les choses, Antoine. Elle gardait tout. Tu te souviens ? Chez Bonne-Maman Astrid, il y avait plein de caisses avec de vieux objets.

– Ouais, peut-être, j'ai fait sans me rappeler vraiment.

– J'ai promis à Bonne-Maman de cacher cette malle, tu comprends ?

– Elle était cachée chez nous ? Je veux dire, avant d'être dans le jardin ?

Mon père a répondu oui de la tête.

– Je l'avais installée dans un coin de la cave. Elle n'a pas bougé de là depuis. Mais...

– Mais quoi ?

Il s'est frotté le nez.

– Je ne sais pas. Écoute, Antoine, quand j'ai su que Papy allait venir habiter chez nous, je me suis dit qu'il fallait que je cache cette malle ailleurs. J'ai cru bon d'aller l'enterrer dans le jardin. En espérant que personne n'irait la chercher là.

Il m'a regardé.

– J'ai été un peu idiot. Je ne sais pas ce qui m'a pris. J'aurais mieux fait de la laisser où elle était, cette malle.

Première fois que j'entendais mon père déclarer qu'il était idiot.

– Un peu bête, oui, j'ai déclaré.

– Le principal, il a ajouté, c'est que personne ne dise à Papy que cette malle se trouve là. Et pour l'instant, il n'y a que toi, Maman et moi qui sommes au courant. Je veux que tu me promettes, Antoine... »

Il a pris mon bras.

– ... que tu me promettes de ne jamais parler de cette malle à ton grand-père, d'accord ?

Il me fixait dans les yeux. J'ai hoché la tête. Ça faisait beaucoup trop de promesses pour un seul jour, et la dernière, de toute manière, elle ne comptait pas, puisque Papy était déjà au courant de tout.

9

Après ça, ma mère a voulu vérifier mes cahiers, page après page, avec son regard laser, et il a fallu que je m'attaque à douze millions d'équations sans aucun intérêt. Puis est arrivée l'heure de se mettre la table. On s'est installés pour manger. Je n'avais pas eu un moment pour retourner voir Papy Robert. Je devenais fou à me demander ce qu'il avait caché dans cet étui noir. Je ne pensais plus qu'à ça. Je mangeais sans m'en rendre compte. J'ai même failli avaler un bout de chou-fleur, tellement j'étais distrait.

– Il faudrait qu'il mange un peu, a dit ma mère. Ce n'est pas de cette façon qu'il va retrouver des forces.

– Tu veux que je lui monte une assiette ? a proposé mon père.

– Je vais y aller, j'ai dit. De toute manière, j'ai fini.

Sans attendre qu'ils réfléchissent, je suis allé chercher une assiette propre et j'y ai balancé un peu de purée et une tranche de rôti. Je n'ai pas mis de chou-fleur. Je ne tenais pas à ce qu'il avale un truc aussi infect et qu'il m'en veuille pour le restant de ses jours et qu'il refuse de me montrer le contenu de l'étui. J'ai grimpé l'escalier quatre à quatre, j'ai frappé à la porte de ma chambre.

– C'est Antoine, j'ai fait. Je t'apporte à manger. Il faut que tu prennes des forces.

– Entre, a répondu sa voix.

Il était tourné vers l'extérieur. Il avait écarté les rideaux et il regardait ce qui se passait dehors, un peu penché, appuyé sur une de ses béquilles. La pluie s'était mise à tomber. Il faisait déjà bien noir. On apercevait le grand bâtiment de l'autre côté de la chaussée, avec toutes les fenêtres allumées. J'ai posé l'assiette sur un coin de mon bureau. J'ai jeté un rapide coup d'œil mais je n'ai pas aperçu l'étui, ni sur le lit, ni sur l'appui de fenêtre, ni ailleurs.

– Alors ? j'ai demandé.

Il a tourné la tête pour m'observer.

– Quoi ?

– Ça t'a fait mal ?

– Mal ? Quoi donc ? Ma jambe ?

– Pas ta jambe, j'ai dit. Ce que tu cachais dans l'étui. Papa vient de me faire l'historique complet. Il paraît que Grand-Maman l'avait caché pour ne pas te faire du mal.

Il a réfléchi, puis il a souri.

– Je la reconnais bien là, il a déclaré.

Il a sorti l'étui de la poche de sa veste et il l'a ouvert, en tirant sur la tige de fer. Le couvercle s'est soulevé. À l'intérieur, il y avait un collier avec plein de perles brillantes et aussi des boucles d'oreille, sur une espèce de tissu noir. En plus de ça, coincée sous le couvercle, on voyait une petite photo avec des bords en dentelle.

– Les bijoux, ils sont à toi ? j'ai demandé.

– Tu me vois avec ça autour du cou ? a dit Papy.

– Non, je veux dire, c'est toi qui les as achetés ?

Il a répondu oui de la tête.

– Et sur la photo ? j'ai encore demandé. Qui c'est ?

Il avait du mal à la faire glisser du couvercle, parce qu'elle était minuscule, sa photo. En plus, ses doigts tremblaient. J'ai voulu l'aider en tirant sur un coin.

– Attention ! il a crié. Ne la déchire pas !

– Pas de problème. Je fais gaffe.

– Ne t'en mêle pas, je vais y arriver.

Il avait l'air d'y tenir, à cette photo en dentelle. Il a fini par la sortir de sous le couvercle et il me l'a montrée. La lumière de la rue était très faible. Je n'y voyais rien, alors j'ai allumé ma lampe de chevet. La photo représentait une femme assise à une table, sous un parasol. Ses cheveux très noirs étaient coupés droit sur son front. Elle avait un petit sourire. Elle avait posé un doigt sur ses lèvres.

– C'est Bonne-Maman Astrid quand elle était jeune ? j'ai demandé.

Je ne la reconnaissais pas. Dans mon souvenir, ma grand-mère avait les cheveux coincés sous un chapeau fruits et légumes, et elle ne souriait pas beaucoup.

– Non, ce n'est pas Astrid, a dit mon grand-père au bout d'un temps infini. Elle s'appelle Louise.

– Connais pas, j'ai dit. Une copine à toi ?

Il a souri, puis il est allé s'asseoir sur le lit. Il avait l'air fatigué, tout à coup. Il a fermé les yeux et il s'est frotté le front. J'ai eu peur qu'il attrape un malaise. Peut-être que mon père avait raison et que les souvenirs n'étaient pas si bons que ça. Ils avaient remué des trucs dans son cerveau qui n'avaient plus bougé depuis des années.

– Je l'avais surnommée la beauté Louise, il a dit en rouvrant les yeux. Elle souriait quand je l'appelais de cette manière. Je m'en souviens comme si c'était hier.

– Ça doit dater d'un petit peu plus longtemps, j'ai dit en jetant un nouveau coup d'œil à la photo.

– Elle était belle..., a ajouté mon grand-père. Si belle. La plus belle de toutes.

Il s'est tourné vers moi et m'a regardé comme s'il avait complètement oublié ce que je faisais là.

– C'était pour elle, le collier et le reste ?

Il a hoché la tête.

– Oui.

– Pourquoi tu les as gardés, dans ce cas-là ? j'ai ajouté. Elle a pas voulu de ton cadeau ?

– Astrid, a simplement dit Papy Robert. Astrid.

Il a poussé un long soupir.

– Je comprends, j'ai dit. Elle était jalouse ?

– Tu m'as l'air d'en connaître un bout sur les femmes, a déclaré Papy.

– J'ai eu quelques expériences malheureuses.

Papy a posé la main sur mon épaule.

– Je vais me reposer, il a dit. Tu veux bien me laisser seul, Antoine ? Je me sens fatigué.

– Bien sûr, j'ai dit. Pas de problème, j'ai encore du travail à terminer, de toute manière.

Je me suis levé. Papy n'avait pas l'air d'être d'humeur à manger ce que je lui avais apporté, alors je n'ai pas parlé de l'assiette toujours posée sur un coin du bureau.

Il s'est allongé sur le lit en gémissant. J'allais fermer les rideaux quand une idée m'a traversé l'esprit.

– Tu ne l'as jamais revue ? j'ai demandé.

Il a mis un bout de temps à réagir, mais je commençais à avoir l'habitude.

– Comment ? il a fini par demander. Que dis-tu ?

– Ta Louise ? Tu ne l'as jamais revue après l'histoire du collier ?

Il a paru réfléchir. J'avais l'impression d'entendre les cellules de son cerveau se réveiller en étirant leurs petits bras, après toutes ces années de sommeil.

– Non, il a dit. Pourquoi ?

– Maintenant que Bonne-Maman Astrid est plus là, j'ai expliqué. C'est pas elle qui t'empêcherait de lui offrir ton cadeau, à ta beauté Louise.

Et là-dessus, je suis sorti de la chambre, sans attendre sa réaction.

10

Le lendemain, on était mercredi, et d'habitude, ce jour-là, ma mère ne travaille pas le matin pour s'occuper de Fanny et moi. Mais ce mercredi-là, elle avait décidé d'aller acheter une tonne de cadeaux, parce que la Noël approchait. Ma sœur Fanny faisait des bonds de grenouille électrique rien qu'à l'idée de passer la matinée dans ces satanés magasins. Moi, je devenais fou là-dedans. En sortant, j'avais l'impression d'avoir la tête pleine d'étincelles et de vacarme, comme si j'avais passé la journée enfermé dans une machine à laver en position essorage.

Je terminais mon bol de café, en me demandant comment j'allais réussir à éviter le supplice des magasins, quand on a entendu la voix de Papy venant d'en haut.

Maman est montée voir ce qu'il voulait. Fanny était en train de faire une liste d'un bon kilomètre, reprenant tout ce qu'elles comptaient acheter.

Quand maman est redescendue, elle s'est assise à côté de moi.

– Papy aimerait bien ne pas rester seul toute la matinée, elle a déclaré.

– Ah bon ? j'ai dit. Et alors ?

– Est-ce que tu serais assez gentil pour lui tenir compagnie jusqu'à ce qu'on rentre, Fanny et moi ?

– Rester ici ? j'ai demandé.

Ma mère a eu l'air embarrassée.

– Eh bien, oui, elle a expliqué. Ce qui signifie que tu ne pourras pas nous accompagner pour les achats de Noël.

– Oh, c'est rien, j'ai dit. Je suis prêt à me sacrifier, si c'est pour faire plaisir à Papy.

Ma mère m'a regardé bizarrement.

– Antoine, je suis très contente de ton attitude, elle a ajouté. Tu deviens vraiment un gentil bonhomme.

Ma mère est allée se préparer. Une demi-heure plus tard, elle était partie, avec ma sœur et la liste où Fanny avait dessiné des petits carrés à côté de chaque cadeau, là où elle comptait tracer des croix une fois le machin trouvé, acheté et emballé. La voiture n'était pas encore au bout de la rue que je grimpais déjà l'escalier. J'ai frappé à la porte de ma chambre. Papy m'a ouvert.

Il portait un costume noir et une cravate. Sa chemise était un peu chiffonnée, mais elle était super blanche. Il avait aussi un chapeau. On aurait cru qu'il était invité à un mariage.

– Alors ? il m'a dit en souriant. Tout le monde est parti ?

– Oui.

– Ça te dirait qu'on y aille ensemble ?

– Où ça ? j'ai demandé.

– Porter mon cadeau à Louise, il a fait.

Ça m'a tellement soufflé que j'ai pas pu répondre tout de suite.

– Évidemment, je peux y aller seul, il a ajouté.

– Non, non, j'ai dit. Je viens avec toi. Pas de problème. Tu connais l'adresse ?

Il m'a fait un clin d'œil.

– Regarde, il m'a dit en me montrant la photo aux bords en dentelle.

Derrière, on lisait quelques mots écrits au crayon, presque effacés : « Résidence Bel Air, 15 août 1946 ».

– C'est là qu'elle habitait ? j'ai demandé.

– Louise m'avait invité à une garden-party, a dit mon grand-père.

– Garden-party ? De quoi tu parles ?

– Une petite fête dans sa propriété, il a dit. Tu n'as jamais entendu parler d'une garden-party ?

– Si, si, j'ai fait. Bien sûr.

– Il y avait beaucoup de monde ce jour-là, il a ajouté sur un drôle de ton. Mais à la fin, il n'y avait plus que Louise et moi. C'est à ce moment-là que j'ai pris cette photo. Et après ça, eh bien...

Il s'est arrêté.

– En 1946... j'ai déclaré. Ça date pas d'hier.

– J'avais vingt-cinq ans, a soudain dit Papy.

On n'a plus rien ajouté pendant un moment. Il semblait avoir fait le grand plongeon dans les souvenirs cachés dans un coin de son cerveau, et moi, je calculais combien de temps s'était écoulé depuis le jour de sa garden-machin. Ça faisait... ça faisait beaucoup.

– Mais elle est où, cette bicoque ? j'ai demandé.

– À la campagne, a répondu mon grand-père après avoir secoué la tête pour revenir à la réalité.

– À la campagne ? j'ai répété. Mais loin ?

Il a froncé les sourcils.

– Dix ou quinze kilomètres. Peut-être plus.

– Mais comment on va y aller ? Même si tu grimpes sur ma bécane, on n'y sera pas avant des heures. Il faut qu'on soit rentrés avant le retour de maman et de Fanny, sinon je vais me faire attraper. Tu te rends pas compte.

– Et les taxis ? a dit mon grand-père. C'est fait pour les chiens ?

11

J'ai vite compris pourquoi il avait tellement insisté pour que je l'accompagne. Rien que pour monter dans le taxi, ça nous a pris un bon quart d'heure. Avec sa jambe dans le plâtre, il a fallu qu'on l'aide et qu'on le soutienne. On n'était pas trop de deux, avec le chauffeur du taxi, un très grand Noir avec un bonnet de laine sur la tête, enfoncé jusqu'aux yeux. Encore un peu, et il n'y voyait plus rien. Mais bon, il avait l'air de se débrouiller, alors j'ai pas fait de remarque.

La résidence Bel Air, évidemment, il n'en avait jamais entendu parler, le chauffeur. Il a sorti un plan de la boîte à gants, et il s'est mis à tourner les pages d'un bout à l'autre, et puis retour. Mais ça n'a servi à rien.

– Peut-être que le nom a changé, j'ai dit. Depuis le temps. Ou même qu'ils l'ont rasée. Qu'est-ce qu'on sait ?

– Impossible, a déclaré mon grand-père. Ça appartenait à la famille de Louise depuis plusieurs générations. Je n'imagine pas qu'ils aient pu la vendre ou la démolir. Cherchez encore, il a dit au chauffeur.

Le Noir s'est remis à feuilleter son plan.

– C'est en banlieue ? il a demandé.

– Prenez vers le sud, a proposé Papy Robert. Je suis sûr que je reconnaîtrai les lieux quand nous y serons.

– Le sud ? a dit le chauffeur.

– Oui. Le sud. Qu'est-ce qu'il y a ? Vous voulez une boussole ?

– Ça va, ça va, a fait le chauffeur en balançant son plan sur le siège à côté de lui.

Papy s'est penché vers moi.

– On est tombés sur un fichu empoté, il m'a chuchoté dans l'oreille.

Mais c'était le genre de chuchotement que tout le monde pouvait entendre, et en particulier le chauffeur. Je me suis avancé par dessus le dossier pour essayer de rattraper le coup.

– Excusez-le. Il est un peu nerveux. Il doit rencontrer une femme qu'il a plus vue depuis longtemps.

– Ah, a dit le Noir. Une femme.

Il a souri.

– Mon grand-père était invité à ses garden-barrière, j'ai ajouté. Il faut le comprendre.

– Garden-party ! a lancé Papy Robert.

– Ouais. T'énerve pas. Tout le monde peut se tromper. Je suis pas encore arrivé au chapitre des garden-machin dans mon cours de préhistoire. Mais ça ne saurait tarder.

– Dis tout de suite que je remonte à la préhistoire, a fait Papy Robert. C'est gentil.

– Ce qui est sûr, j'ai ajouté, c'est que l'humour est arrivé beaucoup plus tard, dans la famille.

Il m'a regardé un moment et puis il s'est mis à rire, et je me suis dit qu'il n'était pas complètement ramolli, mon ancêtre.

– Bon, je vais jusqu'où vers le sud ? a demandé le chauffeur de taxi à un moment. Marseille ?

– Vous vous arrêterez un peu avant, a répondu mon grand-père.

– Je ne voudrais pas vous inquiéter, a averti le Noir, mais elle risque de vous coûter un os, la balade vers le sud.

– J'ai de quoi payer, a dit Papy. Prenez cette route à droite, là. Je crois que nous ne sommes plus très loin.

Jusque-là, on était restés plus ou moins dans la civilisation, avec des trottoirs, des maisons et de voitures. Mais en suivant le chemin que venait d'indiquer mon grand-père, on s'est assez vite retrouvés dans la nature. Avec des arbres, je veux dire. Je n'aime pas trop ça, les arbres. Pensez un peu : ils sont vivants. Quand je me retrouve au milieu des arbres, j'ai toujours l'impression qu'ils se rapprochent de moi pour m'étouffer. Sans parler du fait qu'ils respirent à peu près tout l'air disponible. Je déteste la campagne.

– On va dans la direction du château de Rancy, par là, a déclaré le chauffeur. Je me trompe ? J'ai amené un client par ici, il n'y a pas longtemps.

– Le château de Rancy ? a dit papy en faisant un bond. Mais oui, bien sûr !

– Elle habitait un château, ta Louise ? j'ai

demandé.

– Non. Mais pas très loin. De l'autre côté du lac. Il doit y avoir un lac dans les environs. Oui, oui, je me souviens. Un lac avec des cygnes où on faisait des promenades en barque.

Et juste à ce moment-là, on a aperçu une pancarte qui disait : « Lac de Rancy. 1,2 km. »

– À gauche ! a crié Papy en montrant le panneau.

– J'avais saisi, a dit le chauffeur en faisant tourner la voiture.

Deux minutes plus tard, on y était, au fameux lac. Peut-être qu'il avait meilleure allure en été, avec les cygnes et tout, parce que là, ça ressemblait plutôt à une énorme flaque de boue brune. Au fond, on apercevait des débris de je ne sais quoi, des vieux cartons, des bouteilles, des canettes. Une vraie poubelle, son lac, et rien d'autre.

– Bon, a fait Papy Robert. Essayons de retrouver la résidence Bel Air.

– On aperçoit déjà le château dont je vous parlais, a dit le chauffeur en indiquant des toits pointus qui dépassaient du sommet des arbres, sur notre gauche.

– Alors, si je me souviens bien, la résidence doit se trouver en face, sur l'autre berge, a déclaré Papy. Vous croyez qu'on peut faire le tour en voiture ?

– On va voir, a dit le Noir en remettant le taxi en marche.

J'ai regardé ma montre. On était partis depuis trois quarts d'heure. Si on voulait rentrer à la maison avant midi, on avait intérêt à la dénicher vite fait, la résidence à sa Louise.

Il y avait de plus en plus d'arbres, au fur et à mesure qu'on avançait le long du lac poubelle. La route était cabossée, enfin si on peut appeler ça une route. Plutôt un chemin avec des cailloux au milieu, et juste la place pour les roues de la voiture. Sans compter qu'il était très méchamment penché, le chemin. Un peu plus, le taxi allait se renverser et dévaler vers le lac et nous avec. Je ne voulais plus continuer. Encore une seconde, et je comptais sauter par la portière en roulé-boulé. Le roulé-boulé, c'est un truc que j'ai appris en multisport. Ça consiste à se prendre les genoux dans les bras et à rentrer la tête pour éviter les nids de serpents et les pointes de cactus. Dans les westerns, c'est comme ça qu'ils sautent des trains, les évadés, quand ils n'en peuvent plus d'attendre la prochaine gare.

Heureusement, on a fini par découvrir une barrière, devant nous. Impossible d'aller plus loin. Le chauffeur a arrêté la voiture. J'ai aidé Papy à descendre. Un bon quart d'heure plus tard, on s'est retrouvés devant cette barrière, lui et moi.

– Qu'est-ce que je fais ? a crié le chauffeur resté dans sa voiture. Je vous attends ?

– Un instant, a répondu Papy d'un ton sec. Vous voulez bien ?

– Moi, je veux tout ce que vous voulez, a dit le Noir en souriant. Pourvu que vous payiez.

La barrière était fermée. Elle était en grosses planches, mais on pouvait voir au travers. Je me suis penché pour jeter un coup d'œil. Des arbres à peu près partout. On distinguait pourtant un chemin, plus petit encore que celui qu'on avait suivi pour arriver jusque-là, et qui s'enfonçait entre deux rangées de troncs. Les branches se rejoignaient par-dessus. Il y avait juste la place pour passer, en visant bien.

Je me suis tourné vers Papy Robert.

– Alors ? C'est ici ?

– Regarde, il a fait en me montrant une pancarte que je n'avais pas vue parce qu'elle était recouverte d'une couche de poussière.

Il l'a frottée du plat de sa main et j'ai pu lire : « Résidence Bel Air ».

Pas de doute, on avait trouvé.

12

Malheureusement, il semblait impossible d'entrer. La barrière faisait plus de deux mètres de haut. Il y avait bien une grosse poignée noire en forme de feuille allongée. Je l'ai prise et je l'ai secouée, mais ce truc était fermé à clé.

– Il doit bien y avoir une sonnette quelque part, a dit Papy Robert. Ou une cloche. Un carillon. Je ne sais pas, moi. Comment font-ils quand ils ont de la visite ?

À tout hasard, j'ai posé le doigt sur la plaque avec le nom, et on a entendu un klaxon. Pendant une seconde, j'ai cru qu'on avait affaire à un genre de système automatique, mais après ça, sans que je touche à rien, il y a eu un nouveau coup de klaxon. Je me suis retourné.

Une voiture arrivait sur le chemin le long du lac. Ou plutôt une camionnette, blanche avec des inscriptions. Elle roulait quasiment dans l'eau, très vite, en faisant voler de la boue un peu partout. Elle s'est arrêtée en dérapant et j'ai pensé qu'elle allait emboutir l'arrière du taxi. Après quoi un type avec une casquette sur le crâne et des lunettes de soleil a passé la tête par la vitre.

– Dites donc, il a grogné. Poussez-vous de là que je passe.

Le grand Noir est sorti du taxi et l'a regardé sans rien dire.

– Allez ! a recommencé le type aux lunettes avec un geste du bras comme pour chasser une vieille mouche. Barre-toi avec ta chignole pourrie ! il a crié. Tu vois pas que tu bloques le passage, Bamboula ? T'es bouché ou quoi ?

– Bamboula ? a dit le chauffeur de taxi. Pourquoi il m'appelle Bamboula ?

Le type aurait facilement pu dépasser le taxi, mais il avait plutôt envie d'emmerder le monde. Mon grand-père s'était approché lentement, en prenant appui sur ses béquilles.

– Excusez-moi, monsieur, il a demandé au

type à lunettes. Vous habitez la résidence ?

– Qu'est-ce que vous foutez là ? a fait le type sans répondre.

– J'aimerais savoir qui occupe la résidence, a repris mon grand-père.

– Mais ils comprennent rien, ces cons ! a lancé le type.

Il s'est remis à klaxonner, plusieurs coups très longs. Un bruit à vous casser les oreilles et tout ce qu'il y a dedans.

– Ne vous énervez pas, a dit Papy Robert. J'aimerais simplement savoir si Louise habite toujours la résidence.

Le type a arrêté son chambard. Il a sauté de sa camionnette.

– Quoi ? il a fait en s'approchant de Papy. Qu'est-ce que t'as dit ?

– Je vous demandais si Louise habitait encore ici, a dit mon grand-père. Louise de Villandieu...

– Elle est morte, a dit le type en haussant les épaules.

– Ah ? a fait Papy. Vous êtes sûr ? Louise...

– Ben oui. Pourquoi ?

– Pour rien, a dit Papy d'une petite voix.

Et puis il a détourné la tête et il s'est avancé vers le taxi. Je me suis précipité pour l'aider.

– Bon, a dit le grand Noir. Je tiens pas à rester plus longtemps dans le quartier. Ça pue, par ici. On y va ?

Papy Robert n'a pas répondu.

– Oui, on y va, j'ai dit.

Je devais commencer à avoir l'habitude, parce qu'il n'a fallu que dix secondes à peu près pour asseoir Papy Robert sur la banquette, avec béquilles et tout le matériel.

– Pourquoi vous voulez la voir, Louise ? a repris le type.

Il s'était approché du taxi. J'ai vu que le chauffeur le tenait à l'œil.

– Pardon ? a dit Papy en relevant la tête.

– Pourquoi vous voulez la voir ?

– Oh, a fait mon grand-père. Pour rien. J'avais un cadeau à lui remettre, mais je crois que j'arrive trop tard.

Il a poussé un soupir.

– Tant pis. Il faudra que je m'en fasse une raison.

– Quel cadeau ? a demandé le type.

– Ça n'a plus d'importance, a dit Papy avec

un drôle de sourire.

– Donnez-le-moi, le cadeau, a repris le type avec un sourire comme les requins quand ils voient passer un tas de poissons. Je peux lui remettre. Je vais livrer des marchandises, alors je peux aussi bien prendre votre cadeau avec le reste.

– Eh ! j'ai dit. Si elle est morte, vous pouvez pas lui remettre, le cadeau.

– Ouais bon. Je voulais dire, je peux le remettre à sa sœur. Ça revient au même, non ?

Il a fait un geste du bras pour indiquer la barrière devant nous, comme si la sœur se trouvait là, à nous regarder entre les planches.

– Sa sœur ? a dit Papy. Je ne savais pas que Louise avait une sœur.

– Sa sœur, sa cousine, je sais plus bien, a répondu le type en haussant les épaules. Une autre vioque, quoi. Elles se ressemblent toutes, les petites vieilles.

– Merci de votre proposition, a dit Papy. Mais ces bijoux étaient spécialement destinés à Louise, et je n'ai pas envie de les offrir à quelqu'un d'autre, même à une autre petite vieille très ressemblante.

– Des bijoux ? a fait le type. Vous les avez là ? Montrez !

Il s'est penché en se tenant à la portière.

– Écarte-toi de mon taxi, a crié le chauffeur. Le bamboula a pas envie que tu te salisses en touchant sa chignole pourrie.

– Eh, l'autre ! a fait le type. Il est vexé, ma parole. Tu saisis pas l'humour, mon pote ? Pas très spirituel, votre négro.

Après ça, il a éclaté de rire comme une hyène malade.

– Oh, elle est bonne, il a fait. Elle est bonne. Il faudra que je la replace, celle-là.

– Le prochain qui se permet de m'appeler Bamboula, je lui fais sa fête, a dit le chauffeur.

– Partons, a proposé mon grand-père. Vous avez raison, ça ne sent pas très bon par ici.

– Vous dites ça pour moi ? a aboyé le type qui ne rigolait plus.

Le chauffeur a fait demi-tour et il a fallu qu'il roule dans la boue du lac pour passer, parce que, maintenant, c'était la camionnette du type qui barrait le chemin. Mais il n'y a pas eu de problème, on ne s'est pas enlisés dans les sables mouvants ni rien. Au dernier moment, le Noir a accéléré un bon coup en passant dans une flaque et la boue a giclé sur le type et sur sa camionnette.

Je crois bien qu'il l'a fait exprès. Je me suis retourné. Le type s'essuyait le visage. Il a crié quelque chose, mais je n'ai pas compris ce qu'il disait. Sur le côté de la camionnette, c'était écrit « Caddie Express - Livraisons partout en moins de deux heures ». Papy a posé le bras sur mes épaules et il m'a serré contre lui. Sa main était froide comme de la glace mais je n'ai rien dit.

13

Papy est resté silencieux jusqu'à ce qu'on arrive à la maison. Je l'ai aidé à sortir du taxi et il m'a donné de l'argent pour que je paye.

– Je vous fais un prix, a dit le chauffeur en souriant. Comme ça, si un jour vous avez encore besoin d'une voiture, vous appelez Abdou, d'accord ?

– Abdou ? j'ai demandé. Vous vous appelez Abdou ?

– Abdou Ibrahim. C'est moi qui ai choisi ce nom-là quand je suis devenu musulman.

– On choisit son nom quand on devient musulman ?

– Mais oui. Tiens, prends ma carte. Il y a mon numéro de mobile. Tu m'appelles, d'accord ? Je te fais un prix.

– Entendu, Abdou.

J'ai pris sa carte. Elle était rouge avec des lettres dorées, presque pas lisibles. Il fallait l'incliner pour faire briller les inscriptions dans la lumière. Je l'ai mise en poche et je suis rentré avec Papy, qui m'attendait devant la porte, appuyé sur ses béquilles, la tête baissée.

Après ça, ma mère est revenue avec Fanny, on a mangé, je suis allé à ma séance de multisport. Le soir, il a fallu que je termine ce que j'avais à faire pour le collège. Papy ne s'est pas montré. Il s'était enfermé dans ma chambre. Il n'a rien voulu manger.

En allant me coucher, j'ai frappé à la porte. Je n'ai pas entendu de réponse mais je suis quand même entré. Il était assis sur mon lit, le dos tourné, et il regardait dehors. Les rideaux étaient ouverts.

Papy n'a rien dit. On aurait cru qu'il ne s'était pas rendu compte de ma présence dans la chambre. Je suis allé m'asseoir à côté de lui.

– Tu ne trouves pas ça bizarre ? j'ai demandé.

Il a mis un temps infini à se tourner vers moi.

– Quoi ?

– Ce type. Il a dit : « Qu'est-ce que vous lui voulez ? »

Papy Robert m'a regardé un moment, avec les sourcils froncés.

– Et alors ?

– Et alors ? j'ai répété. Tu comprends pas ? Elle est pas morte, c'est tout. Sinon, il aurait utilisé le passé. « Qu'est-ce que vous lui vouliez ? »

– Tu crois ?

Il m'a pris le bras. Sa béquille est tombée par terre mais ça n'a pas eu l'air de l'inquiéter.

– En plus, j'y ai pas cru, à son histoire de sœur, j'ai ajouté.

– Moi non plus, a dit Papy. Louise m'en aurait parlé. Je l'aurais vue, sa sœur. Je connaissais la plupart des membres de sa famille.

– Bien sûr, j'ai fait. Tu l'aurais rencontrée dans les garden-machins, la sœur de ta Louise.

– Et qu'on ne vienne pas dire que toutes les petites vieilles se ressemblent. Je suis certain que Louise ne ressemble à personne d'autre.

– Tous les vieux ne se ressemblent pas, j'ai dit. Toi, par exemple.

Il m'a regardé. Ses yeux brillaient en dessous

de ses sourcils.

– Quoi, moi ?

– Ben, tu ne leur ressembles pas.

– Merci, a dit Papy.

On s'est tus. Il a respiré un grand coup.

– Alors ? il m'a demandé au bout d'un moment. Qu'est-ce qu'on fait ?

– Il n'y a plus qu'une solution, j'ai dit.

– En effet. Il faut que j'en aie le cœur net. Ça n'arrête pas de me trotter dans la tête.

– On y retourne ? j'ai demandé.

– Bien sûr.

– Quand ?

– Demain, après l'école, a proposé Papy Robert. Ça te va ?

– On n'aura pas assez de temps. Plutôt samedi après-midi.

Il a réfléchi.

– D'accord, il a fini par dire. Attendons jusqu'à samedi. Après tout, ça ne fait que trois jours. J'ai déjà attendu cinquante ans.

– Mais...

– Quoi encore ?

Tu n'as plus envie de m'accompagner ?

– Bien sûr que si ! Tu rigoles !

– Alors ?

– Mes parents...

– Il suffira de ne rien leur dire, a déclaré Papy. Qu'est-ce que tu fais de mal ? On t'a demandé de t'occuper de moi, non ?

– En effet, j'ai dit.

Il était très fort dans son genre. J'avais encore des choses à apprendre.

On a regardé les lumières d'en face.

– Antoine ? il a ajouté.

– Quoi ?

– Dis-moi ce que tu en penses vraiment ? Sois sincère.

J'ai réfléchi un bon moment. Il ne fallait surtout pas sortir de bêtises.

– Je suis sûr qu'elle est pas morte, ta beauté Louise, j'ai dit.

À son sourire, j'ai compris que j'avais trouvé les bons mots.

Après ça, il s'est levé, et il est descendu manger.

14

Le samedi un peu après midi, il a commencé à neiger. On aurait dit que c'était le ciel qui tombait en morceaux. Les flocons étaient gigantesques. Au bout d'une demi-heure, ils avaient recouvert le jardin. Dans la rue, les voitures passaient au ralenti.

– Bon, a dit ma mère, quand le déjeuner a été terminé. Si vous alliez jouer un peu ? Pendant ce temps-là, je vais ranger le grenier.

– Jouer ? j'ai demandé. Jouer à quoi ?

– Dans la neige, elle a dit. En vous habillant chaudement.

– Super ! a crié Fanny en sautant de sa chaise avant de disparaître dans le couloir.

Papy était assis en face de moi. Depuis mercredi soir, il prenait tous ses repas avec nous, dans la salle à manger. On s'est regardés, lui et moi.

– Antoine ? a ajouté ma mère. Tu ne te sens pas bien ?

– Bof, j'ai fait en haussant les épaules, ça me dit rien, la neige. Je préférerais plutôt aller me balader un peu.

– Moi aussi, a aussitôt dit Papy. Voilà une bonne idée.

– Vous n'allez tout de même pas sortir dans cette tempête de neige ? a protesté ma mère. Et si vous tombez ?

– Je me débrouille beaucoup mieux, a répliqué Papy. Tu le disais toi-même, pas plus tard qu'hier soir.

Ma mère a réfléchi.

– En effet. Mais de là à vous aventurer sur des trottoirs couverts de neige glissante...

– Je serai là pour le tenir ! j'ai déclaré. De quoi tu as peur ?

– Vous tenez vraiment à une balade, dans ces conditions ?

– Mais oui, a dit Papy Robert. Rien de tel pour la santé, si on se couvre chaudement.

Elle nous a regardés l'un après l'autre, avec

ses yeux laser. On sentait bien qu'elle se demandait ce qu'on avait en tête, mais même en y réfléchissant jusqu'au lendemain, elle n'aurait jamais pu deviner.

Un quart d'heure plus tard, on s'éloignait de la maison. Papy se cramponnait à moi. La neige était vraiment glissante. Rien que pour rejoindre le premier carrefour, on a failli s'étaler quatre fois. J'étais obligé de m'accrocher aux réverbères.

– Tu l'as ? j'ai demandé.

– Quoi ?

– Ben, l'étui avec le cadeau pour Louise.

– Dans ma poche, a dit mon grand-père. Ne t'inquiète pas. Cette fois-ci, je ne repartirai pas sans lui avoir remis ce cadeau en mains propres.

On a continué à avancer lentement. La première cabine téléphonique était juste au bout de la rue. J'ai sorti la carte d'Abdou et j'ai formé le numéro. Il a mis un bon moment avant de décrocher.

– On voudrait retourner à la Résidence Bel Air, j'ai déclaré. Vous pouvez nous y emmener, monsieur Abdou ?

– Oh, là, là, là, là ! il a fait à l'autre bout du fil. Mais je travaille pas aujourd'hui. T'as pas vu la neige qui tombe ? Moi, j'aime pas la neige, il a ajouté.

– Tant pis, j'ai dit. On va appeler un autre taxi.

– Non, non, non ! Je viens, d'accord. Vous êtes où ?

On a attendu sous un abribus. Au bout d'une dizaine de minutes, je commençais à sentir le froid. La neige tombait toujours. Quand on levait les yeux vers le ciel, les millions de flocons se mélangeaient, comme si ça n'allait jamais s'arrêter.

Une voiture est venue se ranger le long du trottoir en glissant. La portière s'est ouverte et la tête d'Abdou est apparue. Il avait apparemment enfilé une bonne dizaine de pulls les uns sur les autres, parce qu'il était beaucoup plus épais que la première fois. Son bonnet était enfoncé sur ses yeux encore plus qu'avant. Il n'y voyait plus rien, c'était sûr, mais ce n'était pas très grave parce qu'à l'allure où il roulait, on ne risquait pas grand-chose. On se serait fait dépasser par un troupeau d'escargots aveugles.

– Vous vous souvenez du chemin à suivre ? a demandé mon grand-père. Pour la Résidence Bel Air ?

– Vers le sud, a dit Abdou sans se retourner. J'espère qu'il y fera plus chaud.

Il serrait le volant comme s'il avait peur de le voir s'envoler et il se tenait penché en avant, le visage à deux centimètres du pare-brise.

– J'aime pas la neige, il murmurait sans arrêt. Oh, non, j'aime pas ça. J'aime pas du tout la neige.

On a mis un temps infini pour arriver jusqu'au lac. La neige tombait ici aussi, et il n'y faisait pas plus chaud, malheureusement pour Abdou. Le lac ressemblait à une énorme flaque de crème chantilly. Les flocons avaient recouvert la boue et les saletés. Tout autour de nous, les branches des arbres étaient blanches sur le dessus et noires en dessous. Les autres couleurs avaient disparu.

Abdou a fait avancer son taxi le long du lac, lentement, plus lentement que tout ce que vous pouvez imaginer. Encore un peu et on allait bientôt avancer en marche arrière. Les essuie-glaces balayaient la neige du pare-brise et on a fini par distinguer la barrière devant nous. Il n'a pas fallu longtemps pour se rendre compte qu'elle était toujours fermée.

– Bon, a dit Abdou. Ce coup-ci, vous y êtes.

Il a poussé un soupir de soulagement. Je suis descendu de la voiture et, au premier pas, j'ai failli tomber la tête en avant. J'ai senti la main de Papy qui m'agrippait le bras pour me retenir. Il était toujours assis sur la banquette, avec une jambe sortie.

– Tu crois qu'on a bien fait de venir ? il m'a demandé.

– Bien sûr, j'ai dit.

Je n'ai pas dû paraître très convaincu, parce qu'il a fait une drôle de tête.

– Et comment va-t-on entrer ? il a encore demandé.

– On trouvera un moyen. Viens. Allons voir de plus près.

Je l'ai aidé à sortir du taxi.

– Vous en avez pour longtemps ? a voulu savoir Abdou.

– Je ne crois pas, a dit mon grand-père.

– De toute manière, c'est l'heure de la prière.

Je vais faire ça en vous attendant.

Pendant qu'on avançait vers la barrière, je l'ai vu qui sortait un petit tapis du coffre du taxi. Il l'a déroulé et il l'a posé sur la neige. Après ça, il s'est agenouillé, il a pris un paquet de flocons et il a commencé à se frotter les mains.

– Bon, a dit Papy. Toujours pas de sonnette en vue ?

J'ai bien regardé, mais ça m'aurait étonné qu'ils aient installé ça depuis la dernière fois.

– Non, j'ai répondu. J'en vois pas.

– C'est fermé à clé, non ? a demandé Papy en montrant la grosse poignée en forme de feuille allongée.

Je l'ai remuée, mais ça n'a rien donné.

– Exact.

– On aurait dû y penser avant, a déclaré Papy. Je ne sais pas ce qui m'a pris. Je ne suis qu'un imbécile, et rien d'autre. Je n'aurais jamais dû t'emmener jusqu'ici pour rien.

Il a sorti l'étui noir de la poche de sa veste et il l'a coincé entre deux planches de la barrière. Il l'a regardé un bon moment, avant de remuer la tête. Puis il s'est tourné vers moi.

– Rentrons avant que ta maman ne s'inquiète, il a fini par déclarer.

J'ai essayé de trouver quelque chose à dire, mais je n'y suis pas arrivé. On est retournés jusqu'au taxi. Abdou était toujours occupé à sa prière. Installé en boule sur son petit tapis, il ne faisait plus un geste. On aurait dit qu'il s'était endormi. La neige lui tombait sur le dos.

Papy Robert a ouvert la portière et a commencé à se glisser à l'intérieur.

– C'est quand vous voulez, j'ai lancé à Abdou.

– J'ai fini, il a dit en se redressant. Et alors ?

– Quoi ?

Il a montré la barrière.

– Qu'est-ce que ça a donné, aujourd'hui ?

– Fermé. Pas possible d'entrer.

– Vous cherchez toujours cette femme ? il a demandé.

– Louise, j'ai dit. Oui. J'aurais bien voulu la voir et mon grand-père aussi. Mais je crois bien que ça n'arrivera pas.

– Dommage.

Abdou s'est relevé, il a roulé son tapis et il

est allé le ranger dans le coffre.

– Si je vous ouvre la barrière, vous entrez ? il m'a proposé.

–Vous comptez l'ouvrir avec quoi ? j'ai dit. Elle est fermée à clé.

Alors il m'a montré ce qu'il venait de prendre dans son coffre après y avoir rangé son tapis. Il tenait un anneau dans la main, avec des espèces de tiges de formes différentes.

– Tu sais ce que c'est ? il a demandé.

– Non.

– Un passe-partout, a déclaré Abdou. Si c'est une serrure normale, je te jure qu'elle ne me résistera pas. Il n'y en a encore aucune qui m'a résisté.

15

Abdou et moi, on se trouvait près de la barrière quand j'ai entendu Papy Robert.

– Je peux savoir ce que vous faites ? il a demandé. Je voudrais rentrer. J'ai froid.

Il était resté sur la banquette du taxi comme si ce qu'on faisait ne l'intéressait plus.

– Tu voulais qu'on trouve un moyen de l'ouvrir, cette barrière, non ? j'ai répondu.

Je l'ai vu qui passait la tête par la portière.

– Pourquoi ?

– Parce qu'on y est arrivés, j'ai dit.

Et j'ai poussé la barrière qu'Abdou venait de débloquer avec son passe-partout. Après ça, j'ai pris l'étui noir qui était toujours entre deux planches, là où Papy l'avait glissé.

– Tu viens ? On va lui donner son cadeau, à ta Louise.

Il a réussi à sortir de la voiture et à me rejoindre, tout ça en moins de trois minutes, et seul. Il avait envie de la revoir, sa beauté.

Il a jeté un coup d'œil à Abdou, et à ce qu'il tenait en main.

– C'est vous qui avez ouvert ? lui a demandé mon grand-père.

Abdou a souri en mettant son trousseau spécial dans la poche de son pantalon.

– Merci, a dit Papy.

– Bon, tu viens ? j'ai ajouté en lui prenant le bras. On a déjà perdu assez de temps.

La neige s'était arrêtée de tomber, mais les flocons avaient déjà recouvert à peu près tous les environs. Le sentier que j'avais aperçu le mercredi matin avait disparu sous une couche de blanc. Personne n'était passé par ici depuis que la neige avait commencé de tomber. Papy et moi avons fait les premières traces. C'était comme de marcher sur une planète inconnue. Nos pieds faisaient de drôles de bruits en s'enfonçant dans la neige.

– Je vous attends dans la voiture, a proposé

Abdou derrière nous.

– Entendu, a dit Papy. Nous ne serons pas longs.

Au bout d'une dizaine de mètres, on a aperçu la maison. Il y avait un grand escalier juste devant, qui montait jusqu'à la porte. Autour, la neige avait tout recouvert. Un vrai tapis.

– Oui, a fait Papy à voix basse. Oui, je me souviens. Ça n'a pas beaucoup changé...

Il m'a regardé en souriant et puis on a avancé vers l'escalier. À part le crouic-crouic de nos pas, on n'entendait pas un bruit. J'observais la maison tout en marchant, j'avais le temps vu la vitesse à laquelle on approchait. Elle avait de grandes fenêtres, mais on ne pouvait pas voir l'intérieur, parce que les rideaux étaient tirés.

Devant la porte, au-dessus de l'escalier, ils avaient installé une sorte de toit en verre, avec des tiges de fer qui pointaient dans tous les sens. J'étais en train de l'examiner, quand j'ai cru voir quelque chose bouger à une fenêtre. Mais après ça, je n'ai plus rien aperçu.

On a fini par atteindre l'escalier. Sous le toit de verre, la neige était beaucoup moins épaisse.

Et devant la porte, il n'y en avait plus du tout. Je me suis penché pour regarder à l'intérieur de la maison. J'ai tout à coup fait un bond en arrière parce qu'un bruit de ferraille venait d'éclater tout près. Je me suis rendu compte que c'était Papy qui avait frappé avec une grosse boule accrochée à une chaîne.

– Ne fais pas cette tête d'ahuri, il s'est moqué. Tu n'as jamais vu de heurtoir ?

Il avait l'air tellement fier de connaître ce truc idiot !

– Ben, au moins, j'aurais appris un mot, j'ai dit. Ça et garden-party, il faudra que je les note. Même si je crois pas que je pourrai m'en resservir.

– Arrête de plaisanter quand tu es pris en défaut !

– En défaut ? En défaut de quoi ?

– Rien, il a dit. Tais-toi, je crois que j'ai entendu du bruit à l'intérieur.

Il s'est redressé sur ses béquilles en attendant que la porte s'ouvre. Mais au bout de dix secondes, il n'y avait toujours personne.

– Je crois qu'elle est vide, ta résidence, j'ai déclaré.

– Et Louise ? a demandé Papy.

J'ai fait une grimace pour dire que je n'en savais rien. Je ne tenais pas à lui balancer qu'elle n'était plus là, sa Louise. Comme le type des livraisons avait dit, elle était morte, c'était de plus en plus sûr, et Papy ne la reverrait plus jamais.

– Il y avait un passage par l'arrière, a repris Papy. Si je me souviens bien. Ça donnait sur un grand jardin qui descendait vers le lac.

– Allons voir, j'ai fait. Puisqu'on est venus jusqu'ici.

– Tu crois ? il m'a demandé.

– Écoute, tu disais que tu voulais en avoir le cœur propre.

– Le cœur net, a rectifié Papy. On dit « le cœur net », pas « le cœur propre ». Mais qu'est-ce qu'ils t'apprennent, dans ton école ?

– Tu n'as qu'à m'accompagner, un de ces jours. Tu verras que c'est bidon et compagnie, ce qu'on apprend. Je le dis toujours à Maman. Pour l'instant, le prof de math a décidé de nous dégoûter des chiffres. Avec des virgules et tout. Tu n'imagines pas ce qu'il peut inventer. C'est un bourreau maniaque, ce type-là.

Il n'avait pas l'air d'écouter alors je me suis tu.

Et c'est alors que j'ai entendu le bruit au-dessus de nous.

16

J'ai reculé, en sortant de sous le toit de verre qui protégeait l'entrée. J'ai de nouveau entendu ce petit bruit, comme si un oiseau tapait sur une vitre avec son bec.

– Attends-moi, a dit Papy. Si tu ne m'aides pas à redescendre ces marches, je crois bien que je vais tomber.

– Je ne m'en vais pas, j'ai répliqué.

Le pic-pic a recommencé juste à ce moment-là. Papy a froncé les sourcils.

– Qu'est-ce que c'est ? il a demandé.

Il a avancé d'un mètre, dans la couche de neige, puis il a planté ses béquilles et il a levé la tête vers la maison.

– Tu vois quelque chose ?

– Non.

– On dirait que ça provient du second étage, a ajouté Papy.

Puis, le bruit a changé, c'est devenu comme des coups de poing, et, au même moment, j'ai vu une main qui remuait, derrière une des vitres tout en haut de la maison.

– Il y a quelqu'un à l'intérieur, a dit Papy, qui l'avait vue lui aussi.

– Quelqu'un nous appelle.

Il s'est tourné vers moi.

– Qu'est-ce qui te fait croire ça ? il m'a demandé.

– Si on voulait nous chasser, on serait venu à la porte, non ? Je ne sais pas, moi. On nous aurait tiré dessus à la mitraillette. Le type de l'autre jour, il se serait pas gêné, je t'assure.

Dans le silence, on a de nouveau entendu les coups frappés à la vitre.

– On ne voit qu'une main, a déclaré Papy. Pourquoi est-ce que la personne qui frappe ne se montre pas ?

– Peut-être que c'est juste une main. Une main coincée dans la maison et qui voudrait bien s'échapper.

– Idiot.

– Ça existe, j'ai insisté. La main sans corps. Peut-être qu'elles sont toute une bande à l'intérieur et qu'elles veulent nous attirer dans un piège.

– Antoine, cesse tes bêtises, a dit mon grand-père. Il se passe quelque chose de bizarre dans cette maison.

– Eh bien, entrons. Tant pis si on tombe sur une bande de mains tueuses. Je t'aurai prévenu.

Il n'a pas répondu. Il est retourné près de la porte et il a essayé de l'ouvrir. Mais tout était fermé à clé. Peut-être qu'avec le trousseau spécial d'Abdou, on arriverait à ouvrir, mais il fallait retourner jusqu'au taxi. En plus, à voir la serrure, ça m'avait plutôt l'air d'un truc qui allait lui résister, à Abdou. Je ne tenais pas à lui infliger cette peine.

Papy s'est énervé sur la poignée, mais tout ce qu'il a réussi à faire, c'est perdre l'équilibre. Encore un peu, si je ne me précipitais pas pour le retenir, il s'affalait sur le sol mouillé.

– Il faut absolument qu'on aille voir ce qui se passe dans cette maison, il a déclaré.

– Tu parlais d'une autre entrée, j'ai dit.

– En effet. Écoute, Antoine, laisse-moi ici, tu iras plus vite. Va voir derrière la résidence. Si mes souvenirs sont exacts, il doit y avoir une véranda sur l'arrière. Tu trouveras peut-être le moyen d'entrer.

– Tu le penses vraiment ? j'ai demandé.

– Vas-y ! Ne t'inquiète pas, je ne risque rien. Je t'attends ici, je ne bouge pas. Si cette personne nous appelle, c'est certainement qu'elle est en danger. Il s'agit peut-être de quelqu'un de blessé qui ne peut plus se déplacer.

– Et le téléphone ? j'ai dit. Même avec une main, on peut téléphoner. Suffit d'appuyer sur les touches.

– Antoine ! Je ne sais pas ce qui se passe, mais je suis persuadé que cette personne a un problème. Je ne partirai pas d'ici sans avoir compris de quoi il s'agit.

– Tu veux en avoir le cœur propre ?

– Oui. Le cœur propre, si tu veux.

– Bon, d'accord, j'ai dit. Je me sacrifie. Je vais entrer. Attends-moi là. Si je ne suis pas revenu dans une semaine, débrouille-toi pour prévenir mes parents.

– Vas-y, il a fait en souriant. Il n'y a certainement pas de temps à perdre. Si tu ne discutaillais pas autant, on saurait déjà ce qui se passe là-dedans.

J'ai fait une grimace. Et puis, en entendant de nouveau les bruits que faisait la main en frappant à la fenêtre, je me suis décidé.

J'ai dévalé les marches, en faisant gaffe à ne pas m'étaler dans la neige. J'ai longé la maison, et j'ai tourné au coin, après avoir lancé un dernier regard à Papy, qui a levé le bras dans ma direction pour me dire de continuer.

Je me suis retrouvé dans une espèce de jardin. Ils avaient planté des buissons des deux côtés, pour qu'on sache où était le chemin. J'ai avancé jusqu'à apercevoir un bassin, avec une fontaine au milieu. Ça représentait une dame avec des longs cheveux en pierre, qui tenait un entonnoir renversé.

J'ai jeté un coup d'œil à la maison. Tout le bas était encerclé de murs en verre, dans le genre aquarium. On ne voyait pas de poissons mais beaucoup de plantes, dans un sale état. Sûr que personne ne s'était occupé de les faire boire et manger depuis je ne sais pas combien de temps. La plupart des feuilles étaient brunes et les tiges pendaient jusqu'à terre comme du caramel mou.

Il y avait une porte au milieu, en verre comme tout le reste, mais elle était fermée. Par contre, juste à côté, il y avait une fente dans la paroi. Avec un petit coup de pied, j'ai réussi à la faire tomber. En me baissant, je pouvais entrer sans trop de problèmes.

Deux secondes après, j'étais à l'intérieur.

17

J'ai traversé l'aquarium en sautant par-dessus des plantes couchées. J'ai franchi deux grandes portes qui heureusement n'étaient pas fermées à clé, et je me suis retrouvé dans une pièce remplie de fauteuils et de canapés, recouverts de toile blanche, ce qui leur donnait l'air de fantômes allongés.

L'air sentait un peu le moisi comme si personne n'était passé par là depuis des siècles. Au bout de cette pièce, j'ai aperçu un couloir tout sombre. Le silence était terrible. J'ai cherché un interrupteur, en tendant la main dans le noir.

J'ai fini par tomber sur un gros bouton rond, que j'ai fait tourner. La lumière s'est allumée dans le couloir. Il n'y avait pas de monstres, pas de pièges. C'était un bête couloir avec des peintures accrochées aux murs et des cartons à pizza empilés sur le sol.

Plutôt bizarres, ces emballages à pizza au milieu du reste.

J'ai traversé le couloir rapidement. Il donnait sur un grand hall. J'ai vu un escalier qui montait vers les étages, et puis tout au fond, la porte de verre derrière laquelle j'ai reconnu la silhouette de mon grand-père, appuyé sur ses béquilles. Ça m'a rassuré de constater qu'il n'avait pas bougé.

– Papy ! j'ai crié. J'ai réussi à entrer !

– Tu as trouvé quelque chose ? il m'a demandé à travers la porte.

– Pas encore. Une seconde, je viens d'arriver.

J'ai essayé d'ouvrir de l'intérieur, mais je n'y suis pas plus arrivé qu'avant. Ce truc était fermé à clé, d'un côté comme de l'autre.

– Prends l'escalier, m'a dit Papy. Sois prudent. S'il y a le moindre problème, ressors par où tu es entré. Je ne tiens pas à ce qu'il t'arrive malheur. Je ne sais pas si c'était une bonne idée de te laisser entrer seul.

– Je vais voir en haut ! j'ai lancé. T'inquiète pas. Je fais attention.

J'ai retraversé le hall jusqu'à l'escalier. Avec la lumière qui passait par la porte en verre, on y voyait à peu près. Au moins, jusqu'au premier étage. À partir de là, ça devenait sombre.

J'ai levé la tête pour observer les environs. Les marches montaient et s'enfonçaient dans l'obscurité. Sûr que j'allais être obligé d'y aller, si je tenais à trouver la personne qui avait frappé à la vitre. D'un autre côté, je pouvais rester là, et inventer un truc à servir à mon grand-père. J'ai essayé de mettre au point une histoire. Mais je n'en étais encore qu'au tout début quand j'ai entendu un bruit au-dessus de moi. Comme un coup dans une porte.

– Il y a quelqu'un ? j'ai dit. Vous êtes là ?

J'aurais voulu crier, mais je n'y suis pas arrivé. C'est tout juste si les mots sortaient de ma bouche. J'ai dégluti, et je me suis engagé dans l'escalier. Bizarre comme les trucs les plus simples sont parfois très difficiles. Monter un escalier, par exemple. J'avais dû faire ça des centaines de milliards de fois, mais là, j'avais l'impression de ne plus très bien connaître les gestes.

On aurait cru qu'il y avait des marches à n'en plus finir, dans ce satané escalier. Sans doute que mes yeux s'étaient habitués au noir, parce que j'ai aperçu le palier devant moi. Il m'a semblé entendre une voix, pas très loin. Je me suis arrêté pour écouter. Je me suis rendu compte que j'avais froid, malgré mon manteau. Il faisait aussi glacé qu'à l'intérieur d'un réfrigérateur, dans cette baraque.

J'ai grimpé les dernières marches, j'ai avancé jusqu'à une porte, j'ai posé la main sur une poignée et j'ai ouvert. J'ai cligné des yeux dans la lumière qui passait au travers des rideaux pas très bien fermés. Juste sous la fenêtre, il y avait un lit en fer, comme à l'hôpital. Et allongée dessus, une vieille dame en chemise de nuit qui me regardait comme si elle avait vu un vampire.

18

Sa main était attachée à la barre du lit avec des menottes noires, genre film policier. En tendant l'autre bras au maximum, elle arrivait à toucher la fenêtre, et c'est sa main qu'on avait vue, Papy et moi.

Elle m'a regardé un instant.

– Mais... tu es un enfant !

– N'exagérons rien, j'ai dit. Je vais avoir douze ans.

– Tu es... tu n'es pas avec lui ?

– Je suis avec mon grand-père.

– Il faut m'aider, a repris la vieille dame. Je dois sortir de cette maison avant qu'il revienne.

Je ne comprenais pas très bien. Peut-être qu'elle était un peu folle. C'était bizarre, de rester allongée sur ce lit avec des menottes et de taper sur la vitre pour attirer les gens dans votre chambre. Mais j'ai compris que ce n'était pas pour son plaisir qu'elle avait manigancé cette comédie. Ou alors, elle était particulièrement folle. Il fallait voir.

Je me suis approché du lit. J'avais un peu hésité, je dois avouer, parce que ça ne sentait pas très bon dans cette pièce. Il y avait un tas de vieux débris dans un coin, comme si on avait jeté des trucs dans une poubelle jusqu'à ce que ça déborde.

– De qui vous parlez ? j'ai demandé.

– Je n'en peux plus, elle a fait d'une petite voix. Je préférerais mourir plutôt que de continuer à vivre comme ça.

Elle a fermé les yeux, puis elle les a rouverts rapidement.

– Ce brigand me séquestre, elle a déclaré.

– Le type avec les lunettes noires ? Il vous a attachée ?

– Oui, oui, a dit la dame. Tu le connais ?

– Vaguement.

– Un brigand, elle a répété. Un voleur.

– Vous pourriez pas appeler la police ? Vous avez sûrement le téléphone dans cette maison, non ?

– Il a arraché les fils, a dit la dame. Je n'ai aucun moyen d'obtenir du secours. Personne ne vient jamais ici. Je vis seule et...

Elle a fait une drôle de grimace. Elle semblait très fatiguée.

– Je vis toute seule, elle a dit à voix basse. Si seule.

– Vous ne connaissez personne ?

– Non, elle a dit au bout d'un temps. Je n'ai pas d'enfants, mon mari est mort depuis plusieurs années.

– Vous vous occupez seule de cette grande baraque ?

Elle a fait un petit sourire, mais qui a disparu très vite.

– J'ai une femme de ménage, mais là, elle est en vacances pour Noël, elle a expliqué. Il y a également un jardinier, mais en hiver, il ne vient qu'une fois par mois. Et pour les courses...

– Pour les courses, vous vous faites livrer par ce type, j'ai dit. Pas besoin de faire un dessin, j'ai compris.

– Cet homme a profité de la situation, elle a déclaré. Il me livre mes courses depuis plus d'un an. Je lui faisais confiance... Un peu trop sans doute. Il a dû se rendre compte de mon isolement, et aussi de la facilité avec laquelle on pouvait me voler.

– Qu'est-ce qu'il vole ? j'ai demandé.

– Tout. Il vide la maison petit à petit. Je crois qu'il emporte les meubles pour les revendre. Il s'est sans doute déjà emparé des bijoux et des tableaux...

– Des tableaux, il en reste. J'en ai vu en bas, dans le couloir.

– Je ne sais plus, a dit la dame en soupirant. Je ne sais plus rien... Je suis enfermée dans cette pièce depuis plus de deux semaines. Je n'ai pas changé de vêtements. Il s'est introduit chez moi il y a une quinzaine de jours. Je n'ai rien pu faire. Il m'a brutalisée et il m'a attachée ici. Et quand il aura tout pris...

Elle a baissé la tête. Juste à ce moment-là, j'ai entendu un bruit de moteur venant d'en bas. J'ai senti un frisson dans mon dos, comme si on venait d'y poser un gros glaçon.

– C'est lui ! a fait la vieille dame. Oh, je t'en supplie, délivre-moi vite. Je t'en supplie, je t'en supplie ! Il faut que je sorte. Il faut que je m'en aille !

– J'ai pas la clé des menottes. Comment je pourrais faire ? Vous savez où elle est ?

La vieille dame a fait non de la tête. J'ai examiné le barreau du lit où l'autre côté des menottes était attaché.

– Il y a peut-être un moyen, j'ai dit.

– Dépêche-toi, mon garçon ! Il sera ici dans quelques minutes. S'il te trouve là, tu risques d'avoir des ennuis.

Je suis allé me pencher sur les déchets dans le coin de la pièce. C'était surtout des restes de nourriture, des bouteilles vides, des papiers sales. J'ai donné un coup de pied dans le tas, pour éparpiller les saletés.

– Tu cherches quelque chose ? m'a demandé la vieille dame.

– Un genre de bâton. Un truc long et solide.

– La tringle, elle a dit. Là, regarde. Ça pourrait te convenir ?

Elle levait la main vers la vitre au-dessus d'elle. J'ai vu que le rideau était accroché à une longue tige.

– On va voir, j'ai dit. Aidez-moi à tirer là-dessus.

Ce n'était pas facile. On s'est agrippés au rideau, elle avec une main et moi de tout mon poids. J'ai senti que ça venait, et puis tout a craqué, le rideau est tombé sur la dame, et j'ai reçu la tige sur la tête.

Je n'ai pas pris le temps de voir si j'avais le crâne fracturé. J'ai saisi la longue tige, je l'ai glissée entre le barreau du lit où étaient les menottes et le suivant, et j'ai poussé. J'ai poussé un sacré coup, de toutes mes forces, et c'était pas rien, je vous assure.

– Tu y es presque ! a crié la dame. Encore un peu !

J'ai donné un coup terrible avec mon épaule et puis j'ai basculé en avant.

J'ai cogné le sol, avant d'avoir pu me mettre en roulé-boulé, malheureusement. Je me suis redressé. J'avais un peu mal aux genoux et aussi à l'épaule, mais ce n'était pas très grave.

Le plus grave, c'était ce qu'on entendait.

Le bruit de pas qui grimpaient l'escalier quatre à quatre et qui venaient vers nous à toute vitesse.

19

J'ai senti qu'on me prenait le bras.

– Cache-toi, a soufflé la dame.

– Où ?

– Là. Dans la garde-robe.

Elle me montrait une armoire à côté de la porte. Je n'ai pas hésité. D'ailleurs, je n'en ai pas eu le temps. Je me suis précipité vers cette armoire, j'ai sauté dedans et j'ai refermé la porte qui s'est rabattue sur mes doigts. J'ai failli crier mais j'ai réussi à me retenir au dernier moment. J'ai entendu le bruit des pas qui entraient dans la pièce. Et puis, la voix du type, si près que j'ai bien cru qu'il était dans la garde-robe lui aussi.

– T'es toujours là, ma petite vieille ? il a demandé.

– Où voulez-vous que j'aille ? a répondu la dame d'un ton sec. Vous savez bien que je n'ai aucun moyen de m'enfuir.

J'ai entendu le type qui s'avançait.

– T'as pas eu de la visite ? il a encore demandé.

Je sentais mes bras et mes jambes qui tremblaient. Je n'osais pas bouger, de peur de faire du bruit.

– De la visite ? a dit la dame. Non, pourquoi ?

– Pour rien.

La porte de la garde-robe n'était pas complètement fermée, à cause de mes doigts qui étaient restés dans l'ouverture. Dans l'entrebâillement, j'apercevais un morceau de la pièce. Je voyais un bout du lit sous la fenêtre. Et puis j'ai vu le dos du type, avec son blouson de cuir et sa casquette retournée sur la tête. Ça m'a donné un choc. Je me suis mis à transpirer. J'étais glacé et en même temps j'avais l'impression de mourir de chaud. J'ai serré les lèvres. J'avais peur de laisser sortir un cri ou un gémissement.

– Mais qu'est-ce que c'est que ça ? a demandé le type. T'as essayé d'arracher les rideaux, ma petite vieille ?

– J'ai voulu laisser entrer un peu de lumière, a dit la dame.

– Un peu de lumière ? a répété le type. Dis donc, tu ne te foutrais pas de ma gueule, des fois ?

La dame n'a pas répondu.

– Je suis certain que t'as pas pu arracher ce rideau à toi toute seule, il a ajouté.

– Aïe ! elle a crié. Arrêtez, vous me faites mal.

– Je vais te faire beaucoup plus mal si tu ne me dis pas ce qui s'est passé ici, il a repris. J'arrive et je trouve la barrière ouverte. Il y a un taxi qui attend devant l'entrée, avec un mec endormi au volant. En venant jusqu'ici, je trouve des traces de pas dans la neige. Alors, viens pas me chanter que t'as vu personne. Où ils sont ?

– Aïe ! a encore fait la dame. Non, non, ne me frappez pas ! Je n'ai vu personne.

Et puis je l'ai entendue qui pleurait.

– Mais t'as essayé de casser ton lit, ma parole !

a ajouté le type. Nom de Dieu, viens pas dire qu'on t'a pas aidée, la vieille ! Si j'étais pas arrivé, tu te barrais.

Il s'est arrêté. J'ai cru entendre ses pas qui se rapprochaient de l'armoire.

– Ce qui veut dire..., il a ajouté sur un autre ton, comme s'il réfléchissait. Ce qui veut dire que celui qui t'a aidée ne doit pas être très loin. Vu que t'as pas eu le temps de déguerpir.

– Non ! a crié la dame. C'est moi. C'est moi qui essayais de me libérer.

– Me prends pas pour un con, la vioque, il a fait. Laisse-moi penser... J'ai croisé personne en montant. Donc celui qui voulait te libérer est quelque part dans le coin... Peut-être même dans cette pièce... Et il y a pas des masses d'endroits pour se cacher... Je dirais même qu'il n'y en a qu'un...

J'entendais sa voix tout près, si près que j'ai fermé les yeux, pour ne plus rien voir, pour ne plus être là dans cette garde-robe, pour disparaître et me réveiller dans mon lit après un cauchemar.

Mais ça n'a pas marché. Parce que la porte de l'armoire s'est ouverte d'un coup.

– Mais qu'est-ce que c'est que ce gamin ? a fait le type. Allez, sors de là, morveux.

Après ça, il a empoigné mon épaule, il m'a tiré dans la pièce et je me suis écroulé sur le sol en criant.

20

J'ai senti un poids sur mon dos et j'ai compris que le type s'était assis sur moi pour m'empêcher de me relever. Il a tordu mon bras en arrière. Je ne pouvais plus bouger. J'ai poussé un nouveau cri. J'avais le nez et la bouche écrasés sur le tapis.

– Alors ? Qu'est-ce que tu fous là ?

Je n'ai pas répondu, j'avais trop mal à l'épaule et au dos.

– Tu vas parler, dis ?

– Arrêtez, vous allez lui casser le bras, espèce de brute !

– Toi, je te cause pas, la vioque. Je m'occuperai de ton cas plus tard.

J'ai senti qu'on me soulevait. Je me suis retrouvé avec le visage du type tout près du mien.

– Tu voulais l’aider à se détacher ? il m’a demandé.

J’ai fait non avec la tête. Je me suis léché la lèvre. Le goût était salé.

– T’es tout seul ? il a ajouté.

– Espèce de brute ! a dit la dame. Regardez comme il saigne, ce petit. Vous n’avez pas honte ?

– Ta gueule, mémé ! il a crié.

Il s’est mis à me secouer.

– Alors ? Tu me réponds, dis ? L’autre jour, c’était déjà toi, non ? Avec le bamboula et le petit vieux...

– Mon Papy, j’ai marmonné.

J’avais l’impression d’avoir une grosse éponge mouillée dans la bouche. Je venais de comprendre que le goût salé sur mes lèvres, c’était du sang. Mon sang.

– Papy ? a répété le type. Quoi, papy ? Tu te fous de ma gueule ?

– Laissez-le reprendre ses esprits si vous voulez obtenir des réponses, a dit la dame. Vous voyez bien qu’il est terrorisé, cet enfant.

– Qu’est-ce que tu me chantes avec ton papy ? il a repris.

– Mon grand-père, j'ai fait.

J'ai relevé la tête. J'avais mal au dos et au bras. Et aussi dans la tête. Ça cognait comme un tambour.

– Pfff, il a fait. C'est quoi, cette connerie ? Viens pas essayer de m'entuber, morveux. Je suis pas d'humeur à rigoler.

Il m'a redressé en m'agrippant par les épaules. C'est à ce moment-là qu'on a entendu une voix qui venait du couloir.

– Antoine ? Tu es là, Antoine ? Réponds-moi !

– Mais qu'est-ce qui se passe aujourd'hui ? a fait le type. Je délire ! Vous êtes qui, vous deux ?

– On cherchait Louise. Mon grand-père a un cadeau à lui remettre.

– Louise ? a dit la dame.

Elle avait la main sur ses lèvres.

– Oui, j'ai expliqué. Une femme qu'il connaissait dans le temps. La beauté Louise.

– La... la beauté Louise ? a répété la vieille dame d'une voix tremblante.

– Vous la connaissez ? Paraît qu'elle habitait ici.

Elle n'a pas répondu. Elle avait fermé les yeux.

– Antoine ? a encore crié la voix de Papy. Réponds, Antoine ? Tu as trouvé quelqu'un ?

On comprenait qu'il s'était lancé dans l'ascension des marches. Avec ses béquilles, il ne serait pas là avant un bout de temps. Rien qu'à l'entendre, on sentait bien qu'il était essoufflé.

– Bon, faut que je trouve une solution, a dit le type.

Il m'a empoigné et il m'a poussé jusqu'au lit où la dame était assise.

– Restez là en attendant que je m'occupe du vieux, il a ajouté. Si tu bouges, je te casse un bras. T'as compris que j'étais pas du genre à plaisanter, morveux ?

J'ai fait oui de la tête. Il a soupiré et puis il est sorti de la pièce en claquant la porte derrière lui.

– Ton papy ? m'a demandé la vieille dame à voix basse.

– Oui, quoi ?

– Comment s'appelle-t-il ?

– Robert, j'ai dit.

– Oh, non ! elle a fait. Non, ce n'est pas possible... Pas possible...

– Qu'est-ce qu'il y a ? Vous le connaissez ?

Elle a hoché la tête.

– Oui... Oui, je le connais. Mais je... je ne m'attendais plus à... plus jamais à le revoir.

Elle m'a pris par l'épaule. Elle avait des larmes dans les yeux.

– Je suis Louise, elle a murmuré. C'est Robert qui m'appelait la beauté Louise. Plus personne ne m'a donné ce nom-là depuis... depuis cinquante ans au moins.

– Il a un cadeau pour vous. Mais si le livreur lui tombe dessus, je crois bien que ça va faire du dégât.

– On va l'aider, a dit Louise. Regarde, ce voyou ne s'est pas rendu compte que tu avais réussi à me délivrer.

Elle a levé la main qu'elle avait tenue jusque-là tout contre le lit, et les menottes ont glissé le long du barreau avant de pendre à son poignet.

21

Je me suis précipité dans le couloir. J'avais ouvert la porte très doucement, pour ne pas que le type m'entende. Pas que j'avais peur de ses menaces ni rien, mais je ne tenais pas à ce qu'il sache que j'étais en train de manigancer un plan pour l'anéantir.

– Aide-moi, s'il te plaît, a dit la vieille dame.

Elle était occupée à se lever. À présent qu'elle n'était plus étendue sur le lit, avec les couvertures qui la cachaient à moitié, on se rendait compte qu'elle était petite et mince, et très fragile en général. Je suis retourné auprès d'elle, je l'ai tenue par le bras.

Elle s'appuyait sur moi. On a fait deux pas

dans la chambre.

– Attends, a dit Louise. Excuse-moi, mais après tout ce temps passé allongée, j'ai la tête qui me tourne.

Elle a posé la main sur son front, en fermant les yeux. C'est pas de cette manière qu'on l'anéantirait, le livreur.

– Écoutez, j'ai dit. Je vais aller voir ce qui se passe avec mon grand-père, et je reviens vous chercher, d'accord ?

– Fais très attention. C'est un affreux voyou. Il est capable de tout.

– J'en ai vu d'autres. Vous inquiétez pas.

Elle m'a regardé un moment, avant de déclarer :

– Ce qu'il nous faudrait, c'est une arme.

– Vous avez ça en magasin ? j'ai demandé.

Elle semblait réfléchir à la question.

– Mon mari possédait bien...

Elle n'a rien ajouté. Elle avait de nouveau les yeux fermés.

– Bon, j'ai fait. Réfléchissez encore. Moi, je vais sauver Papy.

J'ai couru dans le couloir. Maintenant que je commençais à connaître les lieux, c'était plus facile. J'ai descendu les premières marches. J'ai entendu des voix qui venaient d'en bas. Je me suis penché par-dessus la rampe de l'escalier. On apercevait un bout du hall, au rez-de-chaussée.

– Il n'y a personne, je vous le répète, disait le type livreur.

– Mais mon petit-fils... a fait la voix de Papy Robert.

– Il n'y a pas de petit-fils, n'insistez pas ! Je vous demande de sortir de cette maison, point final. Vous n'avez rien à faire ici, il s'agit d'une propriété privée.

– Si personne n'habite cette demeure, pourquoi livrez-vous des marchandises ? a demandé Papy.

– Monsieur, je n'ai pas envie de discuter plus longtemps avec vous, a répliqué le type. Si vous n'avez pas quitté cette propriété dans cinq minutes, je vais être forcé de prévenir la police.

Je les entendais sans les voir. J'ai descendu quelques marches de plus, en essayant de faire le moins de bruit possible.

– Et ce qu'on entend là, ce sont des souris ? a dit mon grand-père en levant les yeux.

Son regard a croisé le mien. Je me tenais dans l'obscurité, et j'ai eu l'impression qu'il ne me voyait pas. Le type est apparu à son tour. Il a posé la main sur le bras de mon grand-père.

– Allons, monsieur, il faut partir à présent. Ce n'est pas ici que vous retrouverez votre petit-fils, je peux vous le garantir.

– Mais où a-t-il bien pu passer ? a dit Papy.

– Je vous dis et je vous répète que je n'en sais rien ! a crié le type qui s'énervait.

J'ai profité du bruit qu'ils faisaient pour descendre jusqu'au palier du premier.

– Pour la dernière fois, a repris le type, sortez immédiatement de cette maison et que je ne vous revoie plus.

– Et cette main que nous avons aperçue à la fenêtre du deuxième étage ? a insisté Papy.

– Une main ? Quelle main ? Vous plaisantez ?

– Non, je ne plaisante pas. Pas le moins du monde. J'ai vu une main qui frappait à une vitre.

– D'abord, votre petit-fils disparu, et maintenant une main à la fenêtre. Vous êtes sûr que vous ne débloquez pas un peu ?

– Je ne m'en irai pas d'ici avant d'en avoir le cœur net. Appelez la police si vous le désirez, je m'expliquerai avec eux.

– Nom de Dieu ! a juré le type. Tu commences sérieusement à me faire chier, l'ancêtre.

– Restez poli !

– Fous le camp, je te dis ! Tire-toi. J'en ai marre. T'entends ?

Il l'avait agrippé par l'épaule et il le poussait vers la sortie.

– Arrêtez de le pousser ! j'ai crié. Vous allez le faire tomber, espèce de salaud !

J'ai dévalé les marches jusqu'au milieu de l'escalier.

– Antoine ! s'est exclamé Papy. Tu es là ? Qu'est-ce qui t'est arrivé ?

– Bordel de merde ! a dit le type. Tu vas le regretter, morveux. Je t'avais prévenu de pas bouger.

– Vous saviez qu'Antoine était là ? lui a demandé Papy.

– C'est un voleur, j'ai accusé en montrant le type. Il vide la maison et il vend les meubles et les tableaux.

– Ce coup-ci, t'as été trop loin, sale gamin !

a dit le malfrat en se lançant vers moi.

Je m'attendais à ce qu'il m'attrape, mais au lieu de ça, il s'est étalé sur le sol de dalles en poussant un cri. Je ne sais pas comment, mais Papy avait eu le temps de lui balancer une de ses béquilles dans les jambes au moment où l'affreux se mettait à courir. Il avait fait si vite que je n'avais rien vu.

Malheureusement, le type s'est relevé aussi rapidement qu'il était tombé, en se massant l'épaule. Cette fois, il avait vraiment l'air en colère. Papy l'a regardé, appuyé sur la béquille qui lui restait. Le voleur a fait un pas dans sa direction, Papy a voulu soulever sa béquille pour la pointer vers lui, mais il ne tenait pas encore en équilibre sans ces machins, si bien qu'il a été forcé de la reposer sur le sol.

– Assez rigolé ! a déclaré le livreur.

– Sauve-toi, Antoine ! m'a crié Papy. Va chercher du secours !

– Il n'y a personne à des kilomètres, a dit le type avec une grimace.

– Le chauffeur de taxi ! Va le chercher !

– Il est parti, a annoncé le type. Et de toute manière, tu n'abandonnerais pas ton cher Papy aux mains d'un affreux comme moi, n'est-ce pas ?

Il s'était approché de mon grand-père. Il lui a arraché sa dernière béquille, après quoi il l'a poussé pour le faire tomber.

Papy a poussé un cri en valsant en arrière.

– C'est dégueulasse ! j'ai lancé en me précipitant pour l'aider.

– Approche, a dit le sale bonhomme en se tournant vers moi. Allez, viens.

– Je n'ai rien, a repris Papy. Ça va, ça ira. Antoine, il faut que tu ailles chercher le chauffeur de taxi. Vite !

– Il ne va pas laisser son papy tout seul, n'est-ce pas ? a fait le type.

Il était tout près de moi. Je n'arrivais plus à réfléchir. Est-ce qu'il valait mieux que je parte à toute vitesse ? Ou bien que je reste pour venir en aide à mon grand-père ? Les deux solutions étaient mauvaises. J'étais coincé. Salement coincé. Mon ennemi n'avait plus qu'un mètre à faire pour m'attraper.

22

Il me souriait, l'affreux, mais avec un sourire du genre à faire peur. J'étais au bas des marches. Encore un pas, et il allait me coincer, je ne pourrais plus foncer vers la porte sans qu'il m'attrape. Derrière lui, je voyais Papy qui essayait de se relever, mais je savais bien que sans aide, il n'y arriverait pas de sitôt.

Le type a ouvert les bras comme si j'allais me précipiter dedans.

– Viens. Ça vaut mieux pour toi et pour tout le monde.

– Ne touchez pas à cet enfant ! a crié une voix au-dessus de moi.

Je me suis retourné. En haut des marches se tenait la vieille dame. Louise, donc. Elle avait enfilé un peignoir sur sa chemise de nuit. Dans les mains, elle serrait un genre de carabine et elle la pointait dans la direction du livreur.

– Écarte-toi, mon garçon, elle a dit et j'ai compris que c'était à moi qu'elle parlait.

J'ai rapidement grimpé l'escalier pour me mettre à l'abri.

– Et vous, ne bougez plus, espèce de brute ! elle a ajouté.

Le type avait toujours son sourire.

– Oh, mémé ! T'as sorti ta pétoire ? On dirait un engin de collection.

– C'est une arme qui appartenait à mon mari, a répondu la dame. Il était chasseur.

– T'as déjà tiré avec ce tromblon ?

Tout en parlant, il escaladait les marches une à une, dans la direction de Louise.

– Attention, il monte, j'ai averti.

– Je le vois, a dit Louise. Si vous faites un pas de plus, je vous préviens que je tire.

– Mais non, tu ne vas pas tirer, a fait le type. Si jamais tu appuies sur la détente, tu vas faire exploser tout le bazar. Tu ne te rends pas compte, mémé. Depuis combien de temps est-ce qu'elle est au placard, ta pétoire ?

– Je n'en sais rien, mais je vous prie de croire que mon mari était quelqu'un de très soigneux et que cette arme est en parfait état.

– J'en doute pas un seul instant, a dit le type.

Il avait déjà franchi cinq ou six marches.

– Encore un pas, et je tire, a répété Louise.

J'étais juste à côté d'elle, alors je voyais comment elle tremblait. Ses mains étaient toutes blanches tellement elle serrait la carabine. J'espérais que le type, d'où il était, ne s'en rendait pas compte, parce qu'on comprenait tout de suite qu'elle n'avait pas trop l'habitude de tenir un truc pareil.

– Allez, on arrête les bêtises, a repris le type. Dépose ton fusil de chasse, et je promets que je ne ferai de mal à personne.

– Je connais vos promesses, a dit Louise. Arrêtez immédiatement ! Je vous conseille de ne plus faire un geste ! Je vous aurai prévenu.

– Mais bien sûr, a dit le type. Je suis prévenu...

Il a posé le pied sur la marche devant lui. Et c'est alors qu'il y a eu une explosion dans un bruit d'enfer.

Plusieurs vitres de la grande porte d'entrée ont volé en éclats. La dame avait visé un peu trop haut au-dessus du type.

Lui, de son côté, il s'était aplati sur les marches, et je crois bien qu'il n'avait pas été touché.

À côté de moi, Louise avait fait un bond en arrière au moment où elle avait tiré. Elle ne s'attendait certainement pas à un résultat pareil. Elle s'est appuyée à la rampe pour ne pas perdre l'équilibre et elle s'est tournée vers moi.

– Eh bien. C'est quelque chose. Je ne savais pas que cela produisait cet effet-là.

Elle avait un petit sourire, comme si finalement, toute cette histoire ne lui déplaisait pas trop.

– Hé, mais t'es cinglée, mémé ! a crié le type en se relevant. T'as failli me tuer !

– Peut-être, a repris la dame en relevant la carabine pour la pointer de nouveau dans sa direction. Mais j'espère que cela vous a permis de comprendre que je ne plaisantais pas.

– Ouais, ouais, j'ai saisi, il a déclaré. Te fatigue pas.

Il s'est tourné pour observer les dégâts derrière lui dans le hall. Il y avait des morceaux de verre un peu partout sur le sol, presque jusqu'à l'endroit où Papy Robert essayait toujours de se remettre sur pied. Pour l'instant, il était sur un genou et il regardait lui aussi les éclats de verre de la porte, les yeux grand ouverts.

– Bon, et maintenant ? a demandé le type.

– Vous allez descendre ces marches, a dit Louise. Et prendre la direction de la cuisine. Je crois que vous la connaissez, la cuisine ?

Le voleur s'était redressé. Il était en train d'observer la carabine que la dame pointait sur lui.

– Il y a combien de coups, à ta pétoire ? il a encore demandé.

Louise a baissé les yeux sur son arme.

– Peu importe, elle a fait. Encore bien assez pour vous abîmer, je vous prie de le croire.

– Si c'est vraiment un fusil de chasse, a dit le type, il va falloir le recharger avant de tirer un nouveau coup.

– Nous verrons bien, a dit la dame. Si vous n'avez pas pris le chemin de la cuisine d'ici cinq secondes, je compte faire feu une seconde fois.

Nous verrons bien ce qui arrivera. »

Le type n'a pas répondu. Il a remué la tête en réfléchissant.

– Et je viserai un peu plus bas, a ajouté Louise. J'ai été surprise la première fois, mais à présent, je sais à quoi m'en tenir.

– J'ai toujours été joueur, a dit le malfrat. J'ai bien envie de tenter le coup de poker.

– Vous n'avez qu'un geste à faire. Posez le pied sur la marche devant vous, et nous serons fixés.

Ils se sont regardés un bon moment, lui en souriant, elle en serrant le fusil, prête à tirer.

23

Au bout de je ne sais combien de temps, le type a levé une main, très lentement.

– Bon, d'accord, je me rends, mémé.

– Vous faites bien. Et maintenant, descendez ces marches et prenez le chemin de la cuisine.

– Je me demande ce que vous comptez faire, a dit le type sans reculer. Même si vous m'enfermez dans cette cuisine, il ne me faudra pas dix minutes pour en sortir. À l'allure où vous avancez, vous n'aurez pas encore quitté la propriété.

– Nous verrons, a fait Louise.

– Il n'y a rien aux alentours, je peux vous le garantir. Pas de téléphone, rien. Et comptez pas sur un promeneur. Depuis qu'ils ont vidé le lac, il n'attire plus personne.

– Faites ce que je vous dis ! a crié la dame.

– Ça va, ça va.

Il a haussé les épaules, puis il s'est finalement retourné et il a descendu les marches, tranquillement. Dans le hall, il a jeté un coup d'œil à Papy Robert, qui avait eu le temps de se redresser et de ramasser ses béquilles. Il avait les yeux tournés vers la dame, à côté de moi, et il la fixait comme s'il voyait un fantôme. Je crois bien qu'il n'a même pas remarqué le type qui le dépassait pour s'en aller vers l'autre bout du hall.

– Viens, m'a dit Louise. Reste près de moi, et occupe-toi de fermer la porte quand je te le dirai.

– D'accord. C'est vous le chef. Vous êtes sûre qu'il va pas pouvoir trouver un moyen de sortir de là ?

– La cuisine ne possède qu'une issue, elle a répondu. Et les fenêtres sont grillagées.

– Parfait, j'ai dit. On y va.

On a descendu les dernières marches.

– Louise ! a lancé Papy en s'approchant d'elle.

C'est bien vous ?

– Oui, Robert, a répondu la dame. C'est moi.

Et puis ils se sont souri. Un sourire comme je n'en avais pas encore vu beaucoup. On aurait dit qu'ils souriaient avec tout leur visage, avec leurs yeux et leur nez et le reste. Papy a ouvert la bouche, mais Louise l'a arrêté d'un geste de la main.

– Plus tard, Robert, elle a déclaré. Occupons-nous d'abord de régler ce problème.

– Oui, oui, a dit mon grand-père. Bien sûr. Excusez-moi, je suis un peu troublé...

– Regardez-moi ces tourtereaux ! s'est moqué le type. On se croirait dans Les Feux de l'amour.

– Mêlez-vous de ce qui vous regarde ! a répliqué Papy.

– Dans la cuisine, a ajouté Louise en montrant la direction.

– Pfff, quand vous avez une idée dans la tête, vous l'avez pas ailleurs ! Puisque je vous dis que vous avez pas une chance de vous en sortir. Je vous aurai rattrapés dans dix minutes, à tout casser. Et faudra plus compter sur votre pétoire pour vous défendre.

– Cuisine ! a crié la dame.

Il a de nouveau haussé les épaules, mais il a fait ce qu'elle lui commandait. Il a poussé une porte au fond du hall et est entré dans la pièce qui se trouvait là.

– Ferme vite ! m'a dit Louise. La clé doit se trouver dans la serrure.

Je me suis approché.

– Exact !

Le type m'a lancé un petit signe de la main. Il avait ouvert un réfrigérateur et il était en train de se servir à boire, super décontracté et tout.

J'ai claqué la porte, tourné la clé à double tour, après quoi je l'ai sortie de la serrure pour la mettre dans ma poche.

– Allons-y, a dit Louise. Nous n'avons pas de temps à perdre.

On a marché sur les éclats de verre de la porte pour sortir de la maison. Papy y allait encore plus lentement que d'habitude, et j'ai compris que le type s'était pas trompé en prétendant qu'on n'irait pas loin à cette allure-là.

Louise a trottiné dans la neige devant la

maison, elle a descendu les marches tandis que j'aidais mon grand-père pour l'empêcher de tomber. Il gémissait sans arrêt, comme s'il avait encore plus mal qu'avant. Peut-être qu'il s'était cassé un truc supplémentaire quand le type l'avait poussé sur le sol. Peut-être aussi qu'il était fatigué.

En tout cas, on n'avait pas franchi deux mètres devant l'escalier quand on a entendu les premiers coups à l'intérieur de la maison. J'ai saisi que le type avait fini de boire et qu'il avait entrepris de défoncer la porte de la cuisine.

– Il va falloir qu'on accélère, j'ai dit. Sinon, il va nous retomber dessus.

– Cours prévenir le chauffeur de taxi, a proposé Papy en soufflant.

– Et s'il est parti, comme le type l'a dit ? Je peux pas vous abandonner tout seuls.

– Regardez ! a fait Louise. Voici son véhicule de livraison.

En effet, le type avait garé sa camionnette pas très loin, dans la neige devant la maison. J'ai couru jusque-là, la portière était ouverte. Et, sur le tableau de bord, il y avait les clés qui pendaient.

– Montez ! j'ai crié. C'est notre seule chance.

– Tu sais conduire ? m'a demandé Louise qui s'était approchée elle aussi.

– Ben, non, j'ai dit avec une grimace. Et vous ?

– Malheureusement, non.

– Moi, je sais conduire, a dit Papy qui avançait lentement vers nous. Mais avec ma jambe cassée... c'est impossible. Dès que j'appuie mon pied sur le sol, je sens un élancement terrible jusque dans mon dos. Alors, pour conduire...

J'ai réfléchi à toute vitesse. Dans la maison, on entendait des coups de plus en plus forts. Dans quelques minutes, le type aurait réduit la porte en miettes.

– On s'installe, j'ai proposé. Toi, Papy, tu t'occupes du volant, et moi, j'appuie sur les pédales quand tu me le diras.

– Ça ne marchera jamais, a dit mon grand-père. C'est de la folie, Antoine.

– Essayons, a insisté Louise.

Elle est montée dans la camionnette. Papy m'a jeté un regard.

– On pourra peut-être arriver jusqu'à la

route nationale, il a déclaré. Et trouver du secours.

– Sûr, j'ai dit. Viens, je t'aide à grimper. Tu te mets à gauche, tu prends le volant, et tu me dis sur quelle pédale je dois appuyer. D'accord ?

On a fait comme j'avais proposé. Mais une fois le moteur en marche, ça n'a plus paru si facile que ce que j'avais imaginé. Surtout avec la neige. Parce que dès que la camionnette a démarré, les roues se sont mises à déraper.

– Plus vite ! a dit Louise qui s'était retournée. On n'entend plus rien. Je crois qu'il a réussi à sortir de la cuisine.

– Je fais ce que je peux, j'ai soufflé.

J'avais les jambes tendues au maximum, assis au bord du siège, contre Papy qui tenait le volant.

– Ne touche pas au frein, il m'a dit.

– Quel frein ?

– La pédale du milieu.

– Et celle de gauche ? À quoi elle sert, encore ?

– Embrayage. Ne t'en occupe pas. On est en deuxième. On va essayer d'avancer comme ça.

– Alors ? J'appuie sur quoi ?

– Accélérateur. Celle de droite.

J'ai appuyé et, tout de suite, la camionnette a glissé sur le côté. On avait atteint les arbres, et si on continuait de déraper comme ça, on allait foncer dessus.

– Pas si fort ! a crié Papy. Tu vas nous faire verser.

– Il est derrière, a annoncé Louise. En courant, il nous aura rattrapés dans deux minutes.

– Tant pis pour la neige, a dit Papy. Accélère, Antoine.

– On est partis !

C'est en relevant les yeux que j'ai aperçu la barrière devant nous. Et que j'ai vu qu'elle était fermée.

– Il faut s'arrêter pour l'ouvrir ! a crié Papy.

– On n'a pas le temps, a dit Louise. Si on s'arrête, il nous tombe dessus.

– Alors, on fonce ! j'ai dit.

Et, en même temps, j'ai appuyé un petit coup sur l'accélérateur.

24

Du moins, j'ai eu l'impression que c'était un petit coup. Mais peut-être que j'ai appuyé plus fort que ce que je croyais. Parce que la camionnette a fait un bond en avant, comme un léopard quand il saute au-dessus d'un rocher pour attraper la gazelle qui s'enfuit.

J'étais occupé à ne pas mélanger les pédales, alors je n'ai pas bien vu la suite. Ce que j'ai compris, même sans rien voir, c'est qu'on a défoncé la barrière, parce qu'il y a eu un grand crac ! Et aussi quelques autres bruits, sans doute qu'on perdait des morceaux de la camionnette. Enfin, ce que je sais aussi, c'est que Papy, à cause du choc, il a lâché le volant. De son côté, Louise, elle a poussé un cri.

– Attention ! Attention au lac !

Elle aurait pu s'épargner la salive, vu que le lac, tout le monde l'avait bien en face. On ne pouvait pas le rater. J'ai baissé les yeux pour chercher la pédale de frein, mais sans doute que c'était trop tard, parce que la camionnette a dévalé vers le lac sans s'arrêter. Et puis, de la neige sale et de la terre ont jailli alentour, sur les vitres et le pare-brise, on n'y voyait plus rien. Louise a encore crié, et moi aussi j'ai crié. Puis au bout de deux ou trois secondes, il y a de nouveau eu un grand choc, mais ce coup-ci, on était arrêtés.

Le moteur avait calé. Les roues étaient embourbées.

On était coincés dans la boue du lac.

Il y a eu un silence. Un silence tellement silencieux, après le vacarme, que c'était comme si j'étais devenu sourd.

Mais j'ai vite compris que je n'étais pas sourd, parce que derrière nous, quelqu'un a crié :

– Bon, ben, vous avez pas été loin ! Sortez de là, tas d'imbéciles, qu'on s'explique ! Et n'espérez pas me faire le coup de la pétoire, ce coup-ci ! Parce que ça ne marchera pas deux fois.

J'ai ouvert la portière, et j'ai hésité avant de

descendre. Tout autour, c'était rien que de la boue. Je ne tenais pas à m'en mettre partout, sans parler des marécages qui peuvent vous avaler en un rien de temps.

– Amène-toi, morveux ! m'a crié le type. Et t'avise pas de faire une autre connerie !

Il se tenait au bord du lac.

– Faudra venir nous chercher ! j'ai dit. Moi, je ne bouge pas d'ici.

– Nom de Dieu ! a juré le type. Tu vas me faire chier encore longtemps ? Si je vais jusque-là, tu passeras un mauvais quart d'heure.

C'est alors que j'ai vu s'ouvrir la portière du taxi, et Abdou qui en sortait. Tout le monde l'avait oublié, dans la précipitation. En vérité, il n'était pas parti, comme avait prétendu le type.

– Qu'est-ce qui se passe ? a demandé Abdou en se frottant les yeux avec ses poings.

On aurait vraiment cru qu'il s'éveillait. Peut-être qu'il avait dormi tout ce temps-là.

– Viens pas te mêler de ça, Bamboula ! lui a répondu le type. Tu ferais mieux de te tirer fissa.

– Tu m'appelles encore Bamboula ? a dit

Abdou en s'approchant.

– Je t'appelle Bamboula si je veux, d'accord ? Et je te conseille de foutre le camp. Tu piges ? C'est pas trop compliqué pour ta grosse tête ?

– Je t'avais prévenu de ne plus jamais m'appeler Bamboula, a dit Abdou calmement.

Il s'est avancé vers le voleur.

– Reste où tu es ! a menacé le type. Je te préviens, si tu me touches, tu vas le regretter.

– Il ne fallait plus m'appeler Bamboula, a repris Abdou toujours très calmement.

Le type a sorti un couteau de sa poche et il l'a pointé vers Abdou.

– Je vais te crever, il a déclaré. Fais encore un pas et je te troue la panse, Bamboula.

– C'était la dernière fois que tu employais ce mot-là, a dit Abdou.

Il a sauté sur le type, si vite que c'était comme s'il jouait dans un film en accéléré. Une seconde, il était là, devant le type, et la seconde d'après, il était sur lui. Et la seconde encore après, plouf, le type avait la tête dans la boue du lac et il faisait des gros bouillons en agitant les bras dans l'air, comme un crapaud qui se noie.

Épilogue

Tout ça s'est donc passé le samedi après-midi, et le dimanche, on s'est retrouvés à l'hôpital. Enfin, moi, j'y suis venu en visite. Mon grand-père avait été emmené en ambulance après qu'Abdou avait appelé des secours avec son téléphone portable. Papy Robert avait de nouveau quelques os cassés, suite à la chute provoquée par le livreur dans la maison, et aussi à cause du choc avec la barrière et puis notre baptême un peu brutal dans la boue du lac.

Heureusement, personne n'a été englouti par les marécages. Après avoir fait avaler un peu de terre et de neige sale au livreur, Abdou l'a laissé sur le bord du lac, complètement sonné. C'était sûr qu'il n'avait plus très envie de faire de mal à personne. Abdou en a profité pour téléphoner. Puis il s'est avancé jusqu'à la camionnette pour voir ce qu'on devenait. J'avais déjà eu le temps de me rendre compte que ça n'allait pas très fort pour Papy, qui gémissait en se tenant la jambe, les yeux fermés, et encore moins fort pour Louise, qui avait basculé en avant au moment où la camionnette s'était coincée dans la vase. Elle s'était cogné le front sur le pare-brise et elle saignait.

Abdou leur a dit de ne pas s'inquiéter parce que les secours allaient arriver dans pas longtemps. Il m'a pris sur ses épaules pour retourner sur la berge.

On a attendu l'ambulance, assis dans le taxi. Abdou avait une grande déchirure au niveau du ventre, là où le livreur lui avait planté son couteau, mais Abdou avait tellement de pulls l'un sur l'autre que la lame n'avait même pas touché sa peau.

La police est arrivée, en même temps que l'ambulance. On les a entendus venir de loin, avec leurs sirènes. Ils ont posé mille questions à Abdou, et c'est moi qui ai répondu pour leur expliquer, vu qu'Abdou avait raté la plus grande partie de l'histoire, endormi dans son taxi. Ils ont fini par emmener le livreur. Papy et sa Louise ont été installés dans l'ambulance. Quant à moi, je suis rentré à la maison dans une autre voiture de police, avec les lumières et tout.

J'ai passé la soirée à raconter ce qui s'était passé. Avant de m'endormir sur le canapé du salon. Papa était parti à l'hôpital voir mon grand-père.

Le lendemain, on y est tous allés. Ma sœur Fanny tirait la tête, parce que ma mère ne m'avait pas enguirlandé. En tout cas, pas beaucoup. Pas assez, d'après Fanny.

On a trouvé la chambre de Papy Robert.

Il était assis dans un fauteuil, à côté du lit où la dame Louise était allongée. Il s'est reculé en vitesse en nous entendant entrer, mais j'avais eu le temps de voir qu'il lui tenait la main.

– Alors ? a demandé ma mère. Comment allez-vous, ce matin ? Bien remis de vos émotions ?

– Il va falloir que je reste quatre ou cinq jours en observation, a dit Papy. Mais je pense que ça ira.

– Je vois que vous avez de la compagnie, a remarqué Maman.

Papy a souri, puis il a regardé la dame étendue sur le lit à côté de lui.

– Je vous présente Louise de Villandieu, il a déclaré comme s'il nous annonçait qu'on était en présence d'une star mondiale.

– Enchantée, a dit Louise en souriant.

Elle a tendu la main vers ma mère. Comme elle se redressait, je me suis rendu compte qu'elle portait le collier autour du cou, celui avec plein de perles brillantes qui se trouvait dans l'étui noir, et aussi les boucles d'oreilles. Papy Robert avait enfin pu lui filer son cadeau, à sa beauté. Faut dire que ça lui allait pas mal, à la dame Louise.

– Et ça, ce sont certainement vos enfants, elle a ajouté en nous montrant. Je connais déjà Antoine.

– C'est ce que j'ai cru comprendre, a déclaré Maman.

– Votre tête, ça va ? j'ai demandé.

– Rien de cassé, heureusement, a répondu Louise.

– Ça aurait pu être plus grave, a dit Maman.

Vous n'avez pas été très prudents, de partir ainsi sans prévenir personne.

– Antoine m'a sauvé la vie, a ajouté la dame Louise. Je lui suis extrêmement reconnaissante. Sans lui, je ne sais pas ce qui me serait arrivé. Ce voyou était capable de tout, il l'a prouvé.

– Antoine est un garçon très bien, a dit Papy.

Je me suis rendu compte que je souriais.

– Si Antoine est un garçon tellement bien, a repris Maman, il acceptera sans doute de vous prêter à nouveau sa chambre, à votre sortie de l'hôpital. N'est-ce pas, Antoine ?

J'ai regardé Papy et puis Louise. Elle m'a souri et j'ai compris que je ne m'étais pas trompé sur leur compte.

– Je ne crois pas que Papy va revenir habiter chez nous, j'ai dit.

– Ah non ? a fait ma mère.

Elle s'est tournée vers mon grand-père qui a ouvert la bouche pour annoncer quelque chose, mais rien n'est sorti, comme s'il ne trouvait pas ses mots.

– Il a dégoté autre chose, j'ai ajouté. Un truc plus grand, tu vois ? Genre résidence, avec un lac et tout.

– Résidence ? a dit ma mère.

– Résidence Bel Air, j'ai précisé. Maintenant qu'il a retrouvé sa beauté Louise, tu comprends bien qu'il ne va plus la lâcher.

Louise a ri et puis elle a sorti son bras de sous le drap blanc et elle a pris la main de Papy Robert. Il a toussé un peu avant de parler.

– Si Louise veut bien de moi, je pense que je vais habiter chez elle, il a fini par déclarer.

– Faudra juste faire gaffe aux livreurs, j'ai dit.

Tout le monde a éclaté de rire et ça s'est terminé comme ça.